旅のおわりは

吉村龍一

S

集英社文庫

目次

旅のおわりは

第一章　黒く塗りつぶせ

待合室には西陽《にしび》が射しこんでいた。

徹平《てっぺい》が無人改札を抜けたとき、すでに陽は傾きかけていた。

ブリキの回収箱に切符を落としこむ。ひび割れた窓ガラスに消えかかったへのへのもへじ。粉をふいた観光ポスターの画鋲《がびょう》は錆《さ》び、トウモロコシを手にしたモデルもしわだらけだ。ひなたくさい木の匂《にお》いがする。肩がけのナップサックをずり上げて一歩を踏み出すと、ゆっくり埃《ほこり》が舞い上がった。

軀《からだ》の節々が痛むのは、夜行列車に揺られ続けた所為《せい》だろう。丸二日も座っていればそろそろ新鮮な空気が吸いたくもなる。もともと目的地のある旅ではない。気まぐれで降り立った駅は、予想外に無人駅だった。

カーテンを閉じた事務室脇《わき》に姿見があったが、そのなかの高校生はきつく口を結んでいた。Gジャンの袖《そで》を腰に巻き、怒ったような顔をしている。もう家には帰らない。その決心が心を引きしめていた。

二等車の椅子《いす》はリクライニングせず堅かった。毛足の短いブルーモケットの生地に、爪《つめ》を立てると痕《あと》がしばらく残った。徹平は、何度も〈FUCK!〉と書き殴って時間を潰《つぶ》したのだった。窓枠に頬杖《ほおづえ》をつき、レールのつなぎ目を吸いとっているうちに眠りに落ちた。熟睡できぬまま朝を迎えた。リノリウムの床には靴底のスリップサインが刻まれている。はめごろし窓からサイロを見送るたび、海を渡ったんだなぁと実感した。もう後戻りできない。車中泊を二晩も過ごしていたから、ホームに降りたときは心底ほっとした。首筋を揉《も》みながら、熱い味噌《みそ》汁《しる》を飲みたいと思った。

引き戸に指をかける。取っ手の近くには干涸《ひか》らびたカメムシがへばりついていた。油が切れているのか、戸車が甲高《かんだか》く軋《きし》み、ようやっと扉が開いた。目の前に開けたのはだだっ広い平野の緑だ。霞《かす》んだ山並みを遠くに従え、鈴なりの葉を茂らせている。ふりかえった駅舎の板張りは、コールタールがすっかり抜けていた。線路脇の有刺鉄線には葛《かずら》がからみ、ひょろひょろのヒメジョオンが咲き乱れている。人影はなく、蜜蜂《みつばち》だけが気ぜわしく行きかっている。徹平は土の匂いを胸に満たし、記念すべき第一歩を踏み出した。

しばらく歩くと土手の斜面に湧《わ》き水があった。膝《ひざ》をついてすくおうとしたとき、怒鳴り声がした。長靴を鳴らしながら駈《か》けてきたのはかっぷくのいいおばちゃんだ。

泥まみれの鍬《くわ》を持っていた。

「エキノコックス！」

「エキノコックス？」

「知らないのかい」

おばちゃんは手ぬぐいを頭から外しながら、じろじろ上目遣いをした。

「キツネからうつる虫だよ。旭山《あさひやま》動物園のゴリラがこれで死んだっしょや。あんた感染したくないでしょ」

「寄生虫なの」

「沢水のなかに卵がいるのさ。兄ちゃん、どこから来た」

「東京です」

「えぇっ」

すっとんきょうな声をあげ、目をむく。

「東京からこったらとこに、なんの用事だい」

「自由研究の調査にきたんだよ、お母さん」

おばちゃん、とはいわない。腹を探られぬよう笑顔で話す。

「うちの高校、文部科学省の指定校になってんの。総合学習の課題っていうか、ほら、あれ。自由研究の調査にきたんです」

「自由研究、小学生が夏休みやっとるあれか」

「そうそう、東京じゃ高校でも自由研究があるんだよ。アルバイトで旅費を貯《た》めてね、電車をのりついで調査にきたんだ」

へぇぇ。おばちゃんは、鍬の柄を杖がわりに腰を伸ばした。

「東京は違うもんだね。それでなにを調べにきたのさ」

「そ、その、北海道の特産物について、っていうか」

突っ込まれてはぼろがでる。切り上げる口実を考えながら笑顔をつくった。おばちゃんがなるほど、とまた腰を伸ばした。

「それでビートでも調べにきたのかい」

にこやかに後ろの畑を指さす。

「そう、ビートです、ビート」

「収穫は秋だけどもね」

徹平は目の前に広がる畑を前に、そうですね、とあいづちをうった。大げさにうなずいてみせた。

「で、東京のどこさ」

「八王子《はちおうじ》です」

出まかせをいった。本当の住所は、東京ではない。都心から快速で北へ一時間の地方都市だ。

おばちゃんの肩越しを見やった。

耕作地はパッチワークのようだ。切り貼《ば》りした四角形の耕地は黄土色と濃い緑のグラデーションを鮮やかに浮き立たせる。

「黄土色はなにを植えてるんですか」

「小麦だよ」

「緑は」

「あれがビート」

「スケールがでかいよ、お母さん」

「でかいかい」

「北海道はでっかいどう」

おどけていってみせた。

後ろから轟音《ごうおん》がひびき、トラックが追い越していった。首をすくめた。関東ではめったに見かけない超大型トラックだ。アルミボディの後ろに、緑の木のロゴが記されていた。

「でかいね、トラックまで」

「ホクレンの二十トン車だな。飼料配送用だ」

「飼料」

「農協に卸しに行くんだろうな。あれは農業資材課の車だよ」

「詳しいですね」

「息子がね」

おばちゃんが微笑《ほほえ》みながら汗をふく。そして、徹平が黙っていてもおかまいなく話しつづけた。

「ひとり息子が、ホクレンで飼料の配送をやってたんだ」

誇らしげに前掛けをなおす。バタバタした排気音が、小さくフェイドアウトしていく。

「二十トン車なんて見慣れてるけどね」

そういえば列車の窓から、たくさんのトラックを見かけた。

「製糖工場がちかいからね」

畑のむこうを指さした。

「ビートの収穫は二カ月以上先になるけどさ。十月半ばになれば工場はフル稼働をはじめるんだ。砂糖を搾《しぼ》るんだよ。砂糖大根、ってやつ。そのころはビート運びのダンプが数珠《じゅず》つなぎになるわ」

「そうなんだ」

「ビートは十勝《とかち》の魂さ。開墾の証《あかし》さ」

「どんな大根なの」

「蕪《かぶ》と似てるかな。そうそうお兄ちゃん」

「はい」

「あんた、靴紐《くつひも》ほどけてるよ」

「あ」

ゆっくりかがんだ。器用なほうではない。気がつくといつもほどけている。おばちゃんが立ったまま待っているので、時間をかけて蝶結《ちょうむす》びをこしらえた。黒のコンバースは洗濯のしすぎで灰色にちかくなっていた。

おばちゃんが歩き出した。徹平も、なんとなく隣について連れだった。長靴が合っていないのか、歩くたび、がっぽがっぽと音が漏れる。おばちゃんは別段気にするようでもなく、ときおり腰を伸ばしのばし歩いていった。

ビート畑に西陽が射している。砂糖大根はふりそそぐ光のもと、日に日に糖度を蓄《たくわ》えてゆくのだろう。冷え込みの厳しくなる秋まで、水気たっぷりの地下茎《ちかけい》を土中で太らせていくのだ。

「この丘のむこうに製糖工場があるんだわ」

歩きながら、おばちゃんが指をさした。

「ビートはパイラーにまとめられるんだ。ストックヤードに、ダンプアップで溜めていくんだ」

「くわしいね」

「馬鹿息子が教えてくれたんだ」

おだやかな声だった。

「俺、砂糖ってサトウキビからとるもんだと思ってた」

「内地はね。道産子《どさんこ》はみんなビートからとるもんって思ってるわ」

しばらく行くと道がふたつに分かれていた。右に釧路《くしろ》、左に足寄《あしよろ》と標示されている。徹平は立ち止まって頭を下げた。

「ありがとうございました。ここで失礼します」

「これからどうするのさ」

「車を拾います。ヒッチハイク、してみたかったんですよ」

これは本音だった。

「あれまぁ」

顔をのぞきこむ。名残り惜しそうに語りかけてきた。

「本当にここでいいのかい。おばちゃん家《ち》に泊まっていけばいいのに」

徹平は耳を疑った。泊まっていけ？ 会ったばかりの旅人を家に泊めてくれるのだろうか。北海道の人はそれほど優しいのか。社交辞令にしては実感がこもっていた。

「泊まってきな。天麩羅《てんぷら》が待っている」

「てんぷら？」

「今朝、ホッカイシマエビのいいのをもらったんだ。いけるよ」

「やー、悪いですよ。息子さんに食べさせてください」

つとめて明るくいうと、軽くかぶりを振った。

「そりゃ無理だわ」

「無理」

「事故で死んだんだ。高校を出た四年後にね」

なんといっていいかわからなかった。おばちゃんはもう一度いった。泊まっていきなよ、と。その笑顔を見てしまってから、断ることができなくなっていた。

ひきずられるようにして連れて行かれた平屋は、玄関に裸電球がひとつ。トタン屋根の上空はクランベリージャムの色に暮れていた。どこかで家畜の鳴き声が聞こえる。下肥《しもごえ》の臭《にお》いも漂ってきた。

小屋といったほうがしっくりくるが、掃除は行き届いている。柱にカレンダーがたくさんかかっていた。おばちゃんと共に枯れなじんだような歳《とし》のとり方だ。畳にしかれたうすべりはよじれていて、柱時計の秒針がやけに大きな音を刻んでいた。

やっと布団で眠れる、と思った。一番風呂《ぶろ》をいただき、茶の間に通されると夕食がならんでいた。

ホッカイシマエビの天麩羅と、豚肉と大豆のケチャップ煮。エビは甘味があり、しんなり熱が通っている。ケチャップのきいた豚肉もご飯に合う。味噌汁の油揚げが、胃袋にしみた。

「そうそう、名前聞いてなかったね」

「徹平といいます」

「ほら、徹平君おかわりは」

「もう食えないよ、お母さん」

「若いもんが遠慮するな。貸して」

「じゃ、半分だけ」

徹平は箸《はし》をつかいながら、仏壇に目を走らせた。写真が二枚。一枚は旦那《だんな》さんだろう。禿《は》げあがっていてあごが四角い。羽織姿でむっつりしている。その隣の写真に、お母さんそっくりの学生服が微笑んでいた。アイロンパーマ。詰め襟《えり》からのぞく白のハイネック。セピア色がすこし黄色がかっていた。

「はい、デザート」

「デザート、ってお母さん」

「中華まんじゅう。おいしいよ」

三角に折りたたまれた、黒い蒸しパンだ。たっぷりアンコがつまっている。これが中華まんじゅう? しげしげ見つめた。

「おいしいかい」

「うん、美味《うま》いです」

渋い番茶によく合った。お碗《わん》を使う食事にありついたのは、旅立ってから初めてのことだ。おばちゃんが奥の部屋からアルバムをもってきた。

「あの子を思い出すね、あんたを見てると」

今どき珍しい台紙タイプの大判アルバムには、リーゼントの青年が微笑んでいた。眉《まゆ》は細く整えられ、やはり白いハイネックを着ている。スラックスに薄手のカーディガン。そんな格好の若者は、今の時代絶滅している。めくっていると、着替えで出してもらったパジャマからほんのり樟脳《しょうのう》の臭いが立ち上った。その裾《すそ》に、マジック書きの字がかすれていた。昭《あきら》と読み取れた。徹平は冷めかけた番茶を、ゴクリと飲み干した。

翌朝六時に起こされると、玄関前でぷしゅう、と空気音がした。蒸気機関車かなにかのように感じられた。おばちゃんにせかされて外に出ると、昨日見た、緑の木のマークの大型トラックが横づけされていた。

「三浦《みうら》君」

おばちゃんは気安く名を呼ぶと、男が降りてきた。

「このコ、ヒッチハイクだって。永吉丸《えいきちまる》に乗せてやってよ」

「りょーかいでぇす」

手をあげた。

「お母さんの頼みじゃいやとはいえんべさ」

サングラス、ポマードたっぷりのリーゼントに龍《りゅう》のスカジャンという格好だった。人差し指にターコイズリングが光る。よろしくっ、と語尾をあげ歯を見せた。

「お母さんも人助けが好きだね」

「趣味みたいなもんだからサ」

「あ、昭に線香あげさせて」

「ありがとうよ、いつも」

〈三浦君〉は気安く三和土《たたき》にスニーカーを脱ぎ、家の中に消えた。鉦《かね》をならす音がして、ほどなく戻ってくると真っ白な歯を見せた。

「俺、三浦。あんちゃんは」

「徹平です。よろしくお願いします」

おばちゃんが訊《き》いた。

「今日はどこまでのルートだい」

「二四二号から湧別《ゆうべつ》にぬけるわ。置戸《おけと》支所から常呂《ところ》支所、沿岸通って紋別《もんべつ》、そして稚内《わっかない》支所かな」

「三カ所か。長距離だね」

「なに、八時間コースだべ。手下ろしじゃないから時間もかかんねぇし。ところで徹平さ」

「はい」

「俺は稚内止まりだけど、どこで降ろしたらいいかな」

「稚内でお願いします」

迷わずいった。

「最北端に行ってみたいんです」

「よっしゃ」

三浦は力強くうなずいた。

「最終荷下ろしはフェリーターミナルそばの倉庫だ。それまで永吉丸の助手、よろしくっ」

二十トントラックは思いのほか視線が高い。濃い青空に積乱雲が映える。それは幾重《いくえ》にも重なり、なだらかな丘に覆いかぶさっていた。その光景が新鮮で、徹平は横をむいたり、正面をむいたり忙しかった。

三浦は太めのステアリングにたなごころを添え、なめらかにアクセルを操作した。

サングラスの金縁に、整えた眉がひときわ映える。

「よぉ徹平」

「なんすか、三浦さん」

「どう思う、このポスター」

運転席の後ろには数種類のポスターが貼ってあった。真っ白のスーツ、真っ赤なスーツ……。いずれもライブのやつだ。

「なんか、カッコいいすね」

ステアリングをさばきながら三浦がうなずく。頬がゆるんでいる。濃いレンズに眼《め》は隠れているが、口元はほころんでいる。

「真ん中は九四年の東京ドームのときのやつ、あ、脇の赤スーツは武道館《ぶどうかん》。たしか八九年だったかな。一番端も渋いべ？　それと同じパナマ帽が限定販売されてな」

三浦は運転しつつ、解説に余念がない。観光名所を暗記したベテランバスガイドみたいだ。徹平はあいづちを打ち、ポスターと三浦を見比べた。社交辞令は必要だと思う。このアーティストのことを知ったのは今日が初めてだとしても。

「ＣＤかけて」

「はい」

　徹平は再生ボタンを探して押した。

　けたたましいエイトビートが、吐き出された。

　巻き舌の歌い方。メロディーラインがこぶしになってどしどし心を殴ってきた。

　和製ロックとでもいうのだろうか。とにかく迫力はある。なんかいいじゃん。徹平は、指で太ももにリズムを刻んだ。

　その表情に気づき、三浦がいった。

「最高だべ、永《えい》ちゃんは」

「永ちゃん？」

　知らねぇのかよ。軽く舌を鳴らす。

「ヤザワだよ。今の高校生は永ちゃん、知らねぇんか」

　びっくりした口ぶりだ。

「徹平はなに聴くの」

「ええと、板橋文夫《いたばしふみお》とか」

「誰《だれ》」

「ジャズピアニストですよ」

「ふうん」

あきらかに不満げな声だ。

「俺らの世代ぁ永ちゃんが神さまだったけどなー」

徹平はもう一度ポスターを見た。そそり立った前髪は、とても珍しい。

サンバイザーにセルロイドの櫛《くし》がはさまれてあった。豹柄《ひょうがら》だった。シフトチェンジ。合成皮革の肉厚シートの下、ディーゼルがせきこむ。

「安全運転でいこうや。狭い日本、そんなに急いでどこへゆく」

三浦が笑顔をつくり、ステアリングをきった。腹がそれにつられるようにぐう、と鳴った。びっくりするほどの音だった。

徹平はきまり悪そうに下をむいた。

三浦はコンソールの袋をさぐり、なにかを投げてよこした。

ソフトボール大のアルミホイルの包み。柔らかかった。

「ほい、おばちゃん特製のおにぎり。今日は筋子だってさ」

「いただきますっ」

アルミホイルをはがす。よほど力をこめて包んだのか、しわが寄って海苔《のり》に食い込んでいた。

　ほんのすこし温かかった。塩味がきいている。がっつきすぎ、むせそうになった。

「飲みな」

　オレンジ色のペットボトルを手渡された。リボンをつけた女の子が、犬とサッカーボールで遊んでいる絵柄だった。口につめこんだおにぎりを炭酸で流しこんだ。初めての味は、ほどよく甘酸《あまず》っぱい。

　山のなかをトラックは進む。しだいに対向車はすくなくなり、寂しくなってきた。坂道の連続だ。そうした景色のなか、ときおり牧柵《ぼくさく》が見えてきた。と同時に、のどかに草を食《は》む、ホルスタインの群れも見えた。徹平は窓に頬を押しつけてそれに見入った。

　ウィンドウを下ろしてみた。頬を撫《な》でる風が心地よい。若い草の香りがした。Tシャツの袖口《そでぐち》からも風は入りこんでくる。窓枠に載せた肘《ひじ》がそこだけ冷たくなった。

「今運んでいる飼料な」

「はい」

「ビートの搾りかすよ」

「え」

「かす、って言い方はないよな。ビートパルプ」

「パルプですか」

「うん。搾り取った後さ、乾燥させてペレットに加工すんの。牛さんたちの大好物」

「甘いんでしょうかね」

「多分ね」

そこから一時間ほどで、置戸支所に着いた。広大な敷地内、亜鉛引きの鉄板で囲われた施設だ。なかからは金属の擦《こす》れあう音と、重いものがぶつかりあう音が聞こえた。

基地のようだ、と徹平は思う。目隠し鉄板から設備の一部がはみ出しているが、それは曲がったパイプや、ダクトのようなものを建物に張りつけていた。体育館ほどもあるだろうか、農作物の加工場なのだろう。晴れ渡った牧草地の空に、紅白の煙突がいきおいよく伸びあがっていた。あたりの赤土は無数のタイヤに踏みしめられ、順番待ちのトラックが列をつくっていた。

三浦はその最後尾につけ、バインダーから伝票を外すと、プレハブの受付に歩いていった。手続きを終えて戻ってくると、ラジオを聞きながら順番を待った。地元ラジオ局の名前を連呼する声が、印象的に耳に残る。カンカイの販売現場からお届けします、と実況アナが元気にリポートをはじめた。

「なんすか、カンカイって」

「あぁ、知らないのかい。あれだよ、あれ。魚の干物」

三浦はコップを傾けるしぐさをした。

「これが酒のつまみになまら合うのさ。軽くあぶって皮はいでよ。マヨネーズに七味を混ぜてつけると最高なのよ」

やがてのろのろと列が動きだし、前のトラックが方向を入れ替え、バックでゲートに消えていった。三浦も方向転換をしてゲートに尻《しり》をむけた。

やがて青ランプが光って、三浦がラジオを切る。

右肘を窓枠に載せ、顔を突きだす。そのとき顔の付近に右手をひきよせ、ターコイズの指輪にそっと唇をよせた。

片手ハンドルでアクセルをふかしていく。バックの警報音。二十トン車はいうことをきく犬のように、そろそろと後ずさりをしていった。三浦はときおり首を振り、左ミラーに視線を走らせた。

ゲートのむこうは登り坂だった。徐々にきつくなる傾斜に、目の前の風景が狭められていく。シートベルトが締めつけてくる。徹平はつまさきを突っぱりながら、両膝のうえにこぶしをつくった。

三浦が正確に愛車を導いてゆく。慣れた手さばきだが、真剣な横顔だった。リーゼントのシルエットが青空に映える。なぜか胸がどきっとなった。

とん、とタイヤに縁石があたる感触があり、トラックが停《と》まる。

手元のスイッチを操作すると、ガクンと衝撃があって油圧の動作音がひびいた。ドアミラーにうつったのは、羽根を広げるようなアルミボディだった。二カ所に折れ曲がり側面を開放したのだった。ガルウィングというやつだ。

「あぶねぇから、ここにいろ」

「あ、はい」

三浦は思いきりサイドブレーキをひいた。ゴムびきの軍手を尻ポケットにねじこみ、威勢よくドアをかけおりた。

ドアミラーに注視する。オレンジのフォークリフトが勢いよく荷台にむかった。運転しているのは三浦だった。レバーを操作するたび小刻みにフォークが上昇し、パレットの底を持ち上げた。山積みされているのは紙袋の飼料だ。藁《わら》色袋は一ミリのすきもなく、びっちり積み上げられている。エンジンを唸《うな》らせ、おどろくほど小回りをきかせてフォークリフトが往復する。それは真夏の早朝、プールでかいがいしく泳ぎ回るミズスマシを思わせた。

見る見る積み荷が運ばれていく。左手にステアリング、右手にレバー。三浦はそれぞれを器用に使い分けていく。油圧が唸り出す。がくんがくんフォークが上下する。作動音がひっきりなしにヤードにひびいた。天井が高いせいか、それはにぶくこもりながら反響した。

徹平の脳裏に、ひとつの映像が立ち上がった。

今三浦は飼料を下ろしている。もしビートの収穫期になれば、ダンプでその運搬に励むのではないか。泥のついたダブルタイヤが、ゆるゆるヤードに運ばれるさまを連想した。

ダンプアップ。ビートが、直立した荷台から崩落していくさま。泥まみれの根菜が、湿った音を立てながら真っ暗な穴ぐらに吸い込まれてゆくようすが、くっきり像を結んだ。油圧シリンダが伸びきってしまうと、三浦はよしっ、といってバーを戻す。ギアを入れ戻し、出口へ愛車を走らせる。一連の作業が、はっきり立ち上がった。

徹平は、はっと表情を変えた。

そういえば自分はなにひとつ手伝っていない。荷下ろしどころか、ただ助手席で躯を強《こわ》ばらせていただけだ。内心荷台に登る決心をしていただけに、大きな忘れ物をした気になった。

全《すべ》てを終えた三浦が携帯電話で誰かと話をしながら戻ってきた。通話を終え、ゆっくり愛車を発進させる。

「あのう、三浦さん」

「なに」

「俺、結局なにも手伝ってなかったんすけど」

三浦は前を見たまま頬をゆるめた。

「この仕事、朝早《はえ》ぇんだよ」

口元に手をあて、あくびのしぐさをする。

「日の出から走ってるとな、ときたま眠くなってくんのよ」

「はぁ」

「昼すぎなんかは特にヤバイ。ガムを噛《か》んでもついまぶたが重くなるしな。事故りでもしたら、ほんとシャレにならんのよ。なまら助かったよ、マジで」

三浦はゆるやかに言葉尻をつなげた。

「徹平が話しかけてくれたお蔭《かげ》で助かった。昨日あんまし寝てないんだわ」

プレハブの前にトラックをつけた。出庫伝票をもぎとって勢いよく飛び出し、受付に向かった。後ろ姿のまま軽く片手をあげて合図をよこした。

心に波紋が広がっていく。凪《な》いだ水面《みなも》に投げられた小石は、次第に波を強めて胸の内側をノックする。

三浦は決して上からものをいうことなく、同じ目線で話してくれた。徹平は、友達と会話をするように話を弾ませている自分に気づいた。

こんな大人はまわりにいなかった。学校にも、もちろん家にも。シャンデリア型の室内灯を眺めながら、そっと唇をかみしめた。

激しい怒号が飛び込んできたのは、そのときだった。

窓のむこうに目を走らせた。巻き舌の塩辛声《しおからごえ》が聞こえてくる。怒りを含んだ年配者の声色だ。ドアを開けると、両手を腰に当てた三浦の後ろ姿があった。

相手は長身の三浦の蔭で見えないが、ドスをきかせてののしっている。「順番」とか「横はいり」といった単語が、端々に聞こえた。

躯を固くして見守っていると、ずいと三浦が歩み寄った。

次の瞬間、びちっと鈍い音がしてリーゼントが大きくかしいだ。

あっという間もなく、レイバンが宙を舞っていた。

目の前で、お守り袋が揺れている。フロントガラスに吸盤で張りついた、紫のお守りだ。よく見ると靖国《やすくに》神社と縫いとられている。そのお守りの隣、ルームミラーにひっかけられたサングラスの片方のレンズに、蜘蛛《くも》の巣状のひびが入っていた。

無言でステアリングを握る三浦の横顔は、口元が切れていた。大きな傷ではないが血糊《ちのり》が固まり、今朝食べたおにぎりの筋子みたいになっている。横をむくと、ちょうど目にとびこんでくる。さぞ痛いだろう。しばらく味噌汁がしみるに違いない。視線に気づいた三浦が目をあわせた。黒目がちの、くっきりした二重《ふたえ》まぶただった。

「つくしょう。次のセイコーマートでサビオ買うべや」

「サビオ？」

「うん。傷バンな」

三浦はおおげさに傷を指さした。

「いいパンチしてやがる、あのくそじじい」

冗談めかして笑いをつくる。

「手加減しろよな、ガキじゃあるまいし」

咳払《せきばら》いをして、アクセルを踏み込んだ。

「巻き込んで悪かったなー、徹平」

「いえ、俺なにも」

結局あの騒動は、支所長がすっ飛んできてオヤジを地べたに組み伏せて終わった。なんのことはない、伝票ミスを早とちりし、割り込みと勘違いしたオヤジの思い違いだった。

「十年前の俺なら殺していたさ」

三浦はそういって笑い飛ばした。

傷口が半乾きだ。歯は折れていないというが、しばらく大きな口はあけられまい。

「この歳になって殴りあいもねぇからな。あとあとを考えないと、おまんまの食い上げだぜ」

「はぁ」

「あのオヤジ、今シーズンの残り出入り禁止になるかもしれんわ。協会の判定委員会を経てからだろうが微妙なところだな。わやだわ、わや」

三浦は首をふりながらため息をつく。

「暴力沙汰《ざた》は荷主がもっとも嫌うのよ。協会にしてもさ、警察のお偉いさんを招いて安全大会を開いたりしてんのにイメージアップがだいなしっしょ？　揉めごとを起こすなんざ馬鹿のやることよ」

「あのオヤジ、馬鹿ですよね」

「まぁ利口でないことは確かだ。大人になれっつぅのよ、お・と・な・に」

きっぱりいい放った。

「ま、あのオッサンの気持ちもわからなくもねぇが」

「えっ」

徹平は思わず聞き返した。

「今、業界はゆるくないのよ。これだけ油が値上がりしてよ、やれ自由化だ、価格競争だ、って煽《あお》られりゃ誰でも気がたってくるさ。路線バスの一日の承認距離、いくらかわかる？」

「ええと、四百キロくらい、ですか」

「六百七十キロよ。運ちゃんひとりで交代なしでさぁ。そんなん毎日走れるかって」

語気を強めた。

「油、今リッターいくらだと思う？　シャレにならんのよ、マジ」

たたみかけるように話をつなぐ。

「朝暗いうちから積み込みしてよぉ。飯も食わずにピストン輸送。それでもちっとも賃金にゃ跳ねかえらねぇ。誰だってピリピリするわな、実際」

三浦は自分にいい聞かせるように言葉をしめくくった。

話の端々から、業界の厳しい現状が窺《うかが》えた。あのオヤジは今シーズンを棒に振るかもしれない。短気は損気。そんなことわざが頭をかすめていった。それはやけくそ気味に家を飛び出した、徹平自身の気持ちかもしれない。

三浦がひとりごとのようにつぶやいた。

「倅《せがれ》の為《ため》に、しばらくトラック野郎はやめれそうにもねぇや」

どこか嬉《うれ》しそうな口調だった。

「これ、息子さんですか」

フロントガラスのプリクラを指さすと、三浦は遠くを見るようにうなずいた。

「ことし五年生だわ。あいつが成人するまではこの稼業はやめれそうにねぇや。はいはい、けっぱりますよぉ、お父さんは」

そういってこぶしで腰のあたりを叩《たた》いた。

徹平は背筋を伸ばした。

トラックドライバーは苛酷《かこく》な仕事だ。そのほとんどが腰痛をかかえ、慢性の肩凝りに悩まされているとさっき聞いた。

トイレ休憩のとき、スカジャンのすき間からコルセットが見えた。運転席に敷いてあるのは、低反発マットだった。

赤信号にかかり、永吉丸は速度を落とした。エアサスがきき、排気ブレーキがため息を吐き出した。

「徹平よ」

オーディオの音量を絞りながらいう。

「人間やけくそが一番危ねぇのよ」

「ですね」

「まぁ生きてりゃいろいろあるって。あまり思い詰めねぇことだ」

諭《さと》すような口調だった。

「三浦さん、俺」

言葉をさえぎるように、三浦がよっし、と叫んだ。

「いってみるか、原生花園」

「げんせいかえん？」

「うん。俺の思い出の場所なのよ。紋別で荷を下ろしたら連れてっちゃる。どうせ途中だし時間もあるし。おっと、青」

アクセルをふかす。そのうち風景が変わってきた。道はいよいよ開け、だだっ広い砂丘が遠くに見えた。

路肩に目をやると、丈の短い下草が荒地をおおっている。それは物憂い夏の陽射しに照らされ、ピラミッドみたいな丘を際立たせた。

「三浦さん」

「なんよ」

「あれ、海ですか」

徹平は砂丘の谷間からのぞく、わずかなきらめきに目をやった。

「オホーツク、見たことないべ？　楽しみにしてろよ」

エイトビートがスピーカーをゆらす。わずかにあけた窓ガラスから、潮の匂いが流れこんできた。

「すいません」

徹平は手をあげてコンポを指さした。

「今の曲、もう一回聴きたいんすけど」

三浦が目を開いた。

「やー、この曲、ビンビンきますね。最高にいいです」

「嬉しいことというじゃないの」

三浦は語尾に力をこめた。

「わかるか、この良さが」

「わかるもなにも、はんぱじゃないっす。ガツーンときました」

徹平は掌《てのひら》に思いきりパンチをうちつけた。

「そうかそうか」

嬉しそうにリピートスイッチを押し、音量をMAXにする。うねるギターだ。押し寄せてきた。ベースが小刻みにリズムを刻む。一気に弾《はじ》けた。

歌詞。攻撃的な歌詞。くそったれ。くそったれ。お前らくそだ。世の中全部気に入らねえ。そんな思いがシャウトからひしひし伝わる。ヤザワの生きざまが痛いほど伝わってきた。

徹平はベースを弾くしぐさをしながら、うろ覚えの歌詞を口ずさむ。ラストの

〝黒く塗りつぶせ〟だけは完全にハモることができる。

曲が終わる。

「もう一回いいすか」

「おう、気の済むまでかけちゃる」

三浦は心底嬉しそうにオーディオを操作した。

やはりヤザワはがつんときた。ささくれ、どうしていいかわからぬ焦燥感が胸に燃え立った。代弁者。ヤザワは自分の代弁者かもしれない。夢中で耳を傾けた。

気に入らない世の中を、黒く塗りつぶしてしまいたい。

そんな胸のうちをいかしたサウンドで歌う。

胸に立ちこめるどろどろしたいらだちを、歌詞にだぶらせた。

訳もわからぬまま家を飛び出した。街の雑踏と、地下鉄ホーム独特の臭いを思い出した。

ヒステリックな母。荒れ果てた茶の間のかたすみ、割れたガラスをかたづける自分。ひきつれた暮らしの断片から、逃げたかったんだ。あの家からひたすら逃れたかったんだ。徹平は、そう自分にいい聞かせた。

そのとき無線機が、じっ、と鳴ってノイズ混じりのコールが聞こえた。

「はい、こちら永吉丸ドーゾ。はいっと、鼠捕《ねずみと》り。はいはいえびす坂から下り二キロの地点、りょーっかいしましたぁ、それでは安全運転よろしくドーゾ」

包み込むようにハンドマイクを握り、口笛を二回吹いた。そのとき対向車のダンプがパッシングをして、窓ごしに手をあげるのが見えた。

「張ってるな。この先」

眉をひそめながらいう。

「取り締まりですか？」

「うん、おまわりさんの営業活動」

「いい仲間がいて助かりますね」

「助け合いみたいなもんだよ。対向車がパッシングしてくれる。お互いさまでございますよ」

制限速度きっちりに走行していくと、やがて隠れているパトカーと警官ふたりを見つけた。三浦は横目で水色の半袖制服を見送り、ご苦労、とつぶやいた。

「人間、ひとりじゃ生きられないもなぁ」

その言葉の重みが、深く胸に突きささっていく。

徹平はすこし考えたが、思いきっていった。

「三浦さん」

「おうよ」

「友達、たくさんいます？」

「親しい奴《やつ》は数えるほどだな」

徹平はちいさくうなずいて、いった。

「聞いてもらえますか、俺のダチの話」


『太郎は天然パーマだった。

くしゃくしゃ頭は、午後の逆光にそれはきれいに輝いた。よく笑いよく遊ぶやつだ。ばかみたいに運動神経がよく、ボールを放るとすかさずキャッチした。至近距離からフェイントで投げても、ほぼキャッチできる。駈け足ではとてもかなわないし、朝もびっくりするほど早起きだ。そんな太郎はいいとこの生まれらしい。そのことを教えてくれたのは、いつも河原で行き合う、人のいい川村《かわむら》さんだった。

川村さんは、二丁目の角で奥さんとふたりでたばこ屋を経営している。年老いたビーグルのチコをつれ、にこにこしながらやってくる。八対二で撫でつけた髪を光らせてやってくる。

河川敷はいつも西風がきつい。その日も手ぐしで頭を気にしながら、ピンクのリードでチコをひきつれてきた。愛犬は色素のうすくなったブチ模様で、よたよた倒れかかるように歩いていた。いつものように五時ちょうどだった。

「よう、きてるね。徹平」

ぼくはサッカーボールをつまさきで止め、かるく頭をさげた。

「川村のおじさん。こんちは」

チコはだらんと舌をゆらしながら、二、三回しっぽを振った。

「ほら、太郎。トッテコイ」

ジャストミートで蹴《け》り上げた。ボールは鋭い放物線を描き、葦《あし》のしげみに吸いこまれていった。

太郎がダッシュした。モップのようなくせっ毛を縦揺れさせ、転がるようにボールを追いかける。チコはおじさんの足下に寝そべりながら、あくびひとつで見送った。

「小学校は終わったのかい」

「はい。今日は半日で終わりだから」

「そう」

川村さんはポロシャツの胸ポケットからたばこを一本ひきぬいた。

「太郎ちゃんは若いなぁ。チコも昔はよくああやって遊んだもんだけど」

生いしげった葦の先が、がさもさ動きまわる。そこだけが生きもののようだ。左右へかしぎ続け、じぐざぐ進んでいく。低くなった西陽が河原に注がれていた。

「太郎ちゃん、何歳だっけ？」

「拾ったのが去年の春だから、一歳半くらいかな」

「やんちゃな盛りだ。あと一年もすりゃだいぶ落ち着くと思うな」

太郎が戻ってきた。口にしっかりボールをくわえている。犬用のサッカーボールで、くわえやすいよう、空気圧は低めだ。

よしよし、いいコいいコ。思いきり首筋を撫でてやる。体にぶつかるくらいしっぽを振り、腰をくねらせ、はぁはぁ息を吐き出す。

頭をくしゃくしゃに撫でてやった。

「このコ、猟犬かもしれんな」

「猟犬？　まさか」

「そのまさかだよ。ボールをおいかける姿、気質。どこをとってもエアデールテリアそのものだ」

川村さんは、あごの肉をつまみながら眉間《みけん》をよせた。

「いやね、友達が昔エアデールを飼っててね。よく似てるのよ、太郎ちゃんと」

「むく犬の猟犬なんて、きいたことないや」

「トリミングだよ。毛を刈ってかっこよく仕立てるんだよ」

腕組みを外し、エアデールテリアの特性を語りだした。

テリアの王さまは、賢さにかけては右に出るものがいないという。カワウソ猟のために改良され、茶色のくせ毛をトリミングして仕立てる。その優秀さから、警察犬としても活躍しているらしい。

「間違いなくエアデール入ってるな、太郎ちゃん」

川村さんは片膝をつき、中折れ耳をふるふる指ではじいた。

「でもそんな由緒ある犬、捨てる人がいるかな」

「捨てたんじゃないさ」

「捨てたんじゃない、って」

携帯灰皿の口をあけ、しゃがみこむ。

「エアデールと野良《のら》のかけあわせだ。間違いない」

川村さんは、きっとそうだと断言し、顔をなめ回す太郎をそのままにまかせた。

捨て犬にしては、たしかに頭がよかった。ムダ吠《ぼ》えもなく、トイレのしつけも一発で覚えた。そそうをしたことは一度もない。フセ、マテ、スワレ、ツケ。〈犬の飼い方入門〉を買い、見よう見まねのコマンドもすぐ理解した。ノーリードで散歩しても、左足についたまま歩調をそろえる。まちがってもひっぱったりしない。その反面頑固なところもある。知らない人からの餌《えさ》は絶対口にしない。考えれば考えるほど、太郎は個性的だった。

ふつう雄犬というと他の雄に喧嘩《けんか》を売るが、太郎は興味なさげに顔をそらす。それは恐《おそ》れではなく、我関せず、といった雰囲気だった。

成長とともに毛がウェーブを描き、ワックス塗りの糸モップになった。川村さんのいうトリミングをすれば、格好よくなるのかもしれない。

学校から帰ればすぐに一緒に河原へ行き、夢中になって遊ぶ相棒だ。ぼくにとってちいさな弟はどこまでも従順だった。

太郎は神さまがつかわした弟なのではないか。黒目をじっと見返しながら、そんなことを思ったりした。

図鑑をめくれば、なるほどイギリス原産のテリアに似ている。トリミングなるものをほどこせば純血種に見えなくもない。

去年の春、橋の下で見つけたよちよち歩きの子犬は成長とともに鼻を間延びさせた。長くのびた脚と、四角い体つきが個性にみがきをかけた。瞳《ひとみ》は、ちいさくて丸くて光っている。黒みがかった背中と、茶褐色の手脚は外国のぬいぐるみのようだ。

気立てのいいそのモップだけが、ぼくの唯一の友達だった。

太郎と遊ぶ河原のひとときだけが、辛《つら》いこと全てを忘れさせてくれた。

ぼくは太郎に話しかけた。

「なぁ太郎。なんでジェロニモはぼくをいじめるんだろう? ぼくがなにもしていないのに上ばきをドブに捨てたり、教科書を隠したりするんだよ。給食袋を便器につっこまれたこともある。

ひどいだろ。トイレの個室に入れば上から濡《ぬ》れたトイレットペーパーを投げつけてくるし、いすに画鋲を置いたりするんだよ。六年生にもなって、やることがガキなんだよ。そう思わない?

ジェロニモはあんなにお金持ちなのに、なんであぁなんだろ。貧乏人、シンナーくせぇんだよ、なんて言いがかりをつけてくる。

くさい、ってパテのにおいのことかな？　あれだけペーパーがけを手伝ってりゃ、軀にしみついてるかもしれない。決していやなにおいでもないのにね。もしかして塗料のにおいのことかな。でもぼく、工場のにおいは好きなんだけどな。

しょうがないよね、太郎。毎週父さんのお手伝いしてさ、オイルまみれになって、工具を手渡したりしてるんだもの。これでもマスキングは上達したんだぜ。窓のところに古新聞当ててさ、紙テープを張ってくの。すき間をつくらずに張るってなかなかむずかしいんだよ。オイル交換の助手だってもう完璧《かんぺき》だよ。一緒に車の下にもぐってさ、レンチ渡したりラチェット渡したりさ。忙しいもんだよ、これで。

父さんの手伝いは大変だけど、けっこう楽しいもんだよ。正直いうと車の仕事は楽しいのさ。いろいろ覚えられるしね。

ね、太郎。父さんはもうすぐ自分の工場を建てるんだって。すごいだろう。ぼくも一生懸命手伝うんだ。将来の為の勉強だから、っていえば格好つけすぎかな。ははっ」

ジェロニモと内心命名したのは、憎たらしい一重《ひとえ》まぶたの印象からだ。できそこないの男爵《だんしゃく》イモみたいな顔に、ふんぞりかえった獅子鼻《ししばな》。椅子の背もたれに背中をあずけ、ときどき肛門《こうもん》を掻《か》いている。尻をよく拭《ふ》いていないから痒《かゆ》いのか、それともギョウ虫を飼っているのか。あたりを見回しては割れ目に指を差し入れ、小刻みに動かし、こっそり臭いを確認している。やつの席は斜め前。いやでもそんな動作が目に入る。こんなやつは給食当番を除名にしてほしい。ギョウ虫をうつされたい人間など、この世にはいないだろう。

こいつが御曹司《おんぞうし》とは信じられない。まして市議会議長のひとり息子だなんて。授業参観のときに見た父親は、二段腹をストライプのスーツにつつみ、息子にむかってせわしなく手をふっていた。

常識なしと誰もが思ったに違いない。が、一応市議会議長だ。さわらぬ神に祟《たた》りなし。先生は気づかぬそぶりで授業をすすめ、他の父さん母さんは見て見ぬふりをした。

高そうなスーツなのに、あれほど下品に見えるのはなぜだろう。お笑い番組に出てくるおとぼけギャングみたいだ。赤い薔薇《ばら》を胸にさしていたら完全なのに。社会の窓を開け放ったまま堂々と教室に入ってきたとき、ぼくは思わず吹いてしまった。それでみんなが気づいてしまった。おとぼけギャングがその失態に気づいたのは、授業もなかばをすぎたころだった。ジェロニモは鼻に小じわをよせ、ぎろりと睨《にら》みつけてきたけど、あれで笑うなっていうほうが無理な話だよ。

その日はなんという一日だったのだろう。

ひとことでいえば、ぱっとしないタイプのぼくが、テストではいつも下のほうに名を連ね、ドッジボールをすればまっさきにボールをぶつけられるぼくが、脚光を浴びたのだ。

授業のメインは自由研究の発表だったけど、ぼくの研究が大々的に取り上げられた。みんなの見本になったわけだ。ジェロニモはぶすっとしていた。自分が主役になれずに悔しかったんじゃないかな。

先生に名前をよばれ、精一杯発表をした。その名も〈自動車塗装の研究〉だった。板金《ばんきん》、パテ塗り、パテならし、水とぎ、下地づくり、塗装、クリヤー、乾燥の手順を、図解入りでまとめて書き上げたんだ。それは結局学年代表に選ばれて、県の発表会に出品することになったんだ。

最高の評価をうけ、皆の拍手喝采《かっさい》を浴びた。それがジェロニモ親子のしゃくにさわったんだろうな。ジェロニモの発表は〈議会のしくみ〉というものだった。

大判用紙にまとめられたみんなの作品のなかで、ひときわ目をひいた。授業前、クラス全員にくばられた冊子。厚手のラシャ紙の表紙には、ゴシック体の太文字で〈議会のしくみ〉と記されてあった。長丸にかこまれたカラー写真。おとぼけギャングが写っていて〈執務中の市議会議長〉と添えられていた。計算ドリルよりはるかに厚い。どう見ても小学生ひとりでつくった資料とは思えない。それは自由研究の作品というよりは、市民むけのパンフレットみたいだ。

ジェロニモ親子は意気揚々と宣伝をもくろんでいたに違いない。その場違いな研究はあまりにも不自然で、どこかしらじらしかった。あきらかに大人の手が入っているのがみえみえだ。なによりわざとらしかった。その証拠に翌日の昼休み、ゴミ捨て場のポリバケツで数冊の〈議会のしくみ〉を見た。通りがかったジェロニモが、くやしそうに鼻をぐずつかせていたらしい。

貧乏人。ジェロニモがそうぼくを攻撃するようになったのは、ちょうどそのころだ。

貧乏。辞書をひくと〈経済的なゆとりがなくて、衣食住すべてにおいて見劣りがすること〉とあった。たしかにうちは、ゆとりがあるとはいえない。四畳半二間の借家。トイレは汲《く》み取りだし、物干し場の木肌はすっかり白ペンキがはがれている。波型トタンは黄ばんだプラスチック素材を、ところどころひび割れさせていた。にごった日焼け痕を見ると心がしぼんだ。

「でもな、太郎。大家さんが無類の犬好きだったんだよ。お前を連れ帰ったその日、相談にいったらふたつ返事でうなずいてくれた。だからお前を家族として受け入れることができたんだ」

ぼくは太郎の頭を撫でてやった。

我が家の暮らしは裕福じゃなかったけど、悲観するほど辛くもなかった。なによりもぼくらには夢があった。父さんが独立を果たし、自分の整備工場を建てるという夢が。その計画の実現がそう遠くないことをぼくは知っていた。父さんは夜遅くまで方眼用紙にむかって鉛筆をはしらせていた。そこには工場の設計図が何パターンも描き込まれている。一階は工場と事務所になっていて、二階がぼくらの住居になっている。父さんにお願いした。

「太郎の小屋も立派につくってね、ってさ」

それは中学生になるころには、なんとか形になりそうだった。

ぜいたくじゃないけど、手づくりのあたたかい夕食をかこむひとときが一家三人の幸せだった。母さんのお得意はなんといってもミートソースだ。たっぷりのタマネギをきざんで、合挽《あいび》き肉とホールトマトでじっくり煮込むあれだよ。

外食なんてめったにしないけど、たまにはラーメン屋の暖簾《のれん》をくぐった。タンメンに餃子《ギョーザ》二皿。それが給料日の翌日の、ささやかな楽しみだった。

ジェロニモはいつも教室で吹きまくっている。昨日の日曜日は家族でビストロにいっただの、冬休みは信州《しんしゅう》の別荘にいっただの。東京ドームのビップ観覧席？　活《い》きオマール海老《えび》のグリル？　そんな単語を聞かせられても迷惑なだけだよ。それに気づかないジェロニモは、空気のよめないやつなんだ。

別にぼくは活きオマール海老を食べたいとは思わない。野菜たっぷりの、あんかけタンメンと、肉汁たっぷりのジューシー餃子。たまに口にするそのメニューこそ大好物だった。

ぼくには夢がある。

いずれ大きくなって父さんの工場で働き出したら、まず初任給であのラーメン屋に招待したいんだ。父さんと母さんに、お腹《なか》いっぱいタンメンと餃子をご馳走《ちそう》したい。

それがさしあたっての、ぼくの夢だ。

「なぁ、太郎……」

あれ、寝ちまってら』

草原は、オホーツクになだれこんでいた。

膝丈ほどの葉むらだ。風が尖《とが》った葉をゆらしていた。ベンチに座ったふたつの背中に、ときおり砂粒が吹きつける。だだっ広い駐車場。永吉丸のむこうで、海鳴りがとどろく。海猫も見えない。生きものの気配が感じられない。あたりにたちこめるのは、閉鎖された遊園地のような静けさだけだ。

「ちょっと時季外れだわ」

ジッポを磨《す》りながら三浦がいった。

「でもこんな雄大な草原、初めてです」

「そうか」

「はい」

気をつかったのではない。

花盛りを過ぎたとはいえ、徹平はこの原野が本当に気に入った。原生花園という呼び名がしっくりくる。ほんのわずかの間、花じゅうたんが敷きつめられるという海沿いの丘は、時季がくればこぼれるような花を咲かすのだろう。

わずかながらも背の低い花々が咲き誇っている。甘い香りがオホーツク海になだれこんでゆく。ほのかに漂うのは、あまりにも短い花盛りの名残りだった。

「心がなごむわ、ここに来ると」

三浦が美味そうにセブンスターをふかし、いった。

「昔さァ」

「はぁ」

「どもこもならんとき、こうやってボケッと海を見てたさ」

煙で天使の輪をつくった。

「ジェロニモって奴、最低だな」

「でしょう」

「金持ちを鼻にかける馬鹿ほど手におえん」

三浦は腕組みしながらうなずき続けた。

「偉くなったらおしまいだよ」

「三浦さん」

「親や家のこと馬鹿にされんの、一番腹立つしょ。俺なんか短ぱらだからそんなときいつも暴れてたわ。暴れすぎて高校も一年で辞めちまったけどな。いや、辞めさせられた、か」

「三浦さん」

「悪さばっかやってたわ。もうわやよ。この世の中、全部ぶちこわしてやろうと思ってたくらいで。校内暴力、って言葉知ってるかい？うちらの時代、ガッコは荒れまくってたんだわ。ガラスは割る、窓から机は投げる、アラジンと魔法のランプみたいなズボンはいて鬼ゾリいれてさぁ」

しみじみした口調だった。

「はんかくさいことばっかやってたわ。まったく」

煙草《たばこ》をもみ消し、そっと携帯灰皿におさめた。

二十数年前高校生だった三浦は、聞き上手だった。ときおり同調のあいづちをうったり、ため息をついてくれたりしながら、つきあってくれた。

誰かに胸のうちを聞いてほしかった。封印し、谷底に放りこんでしまった過去をさらけだしたかった。今徹平は、心を許せそうだと直感した三浦に、残りのよどみも全部ぶちまけてしまおうと願った。

三浦もまた、生《お》い立《た》ちを語ってくれた。

親戚《しんせき》をたらい回しにされた半生はすさまじかった。涙が出そうになった。初めて人に話したよ、といいながら打ち明けてくれた。徹平は、三浦との距離がぐんと縮まったのを肌で感じた。

「で、いじめは酷《ひど》かったんかい？」

「はい。外ばきをドブに突っ込まれて、濡れたズックで帰ったこともありましたよ」

「やいや」

「それで翌日登校してみると」

徹平は弱々しく首を振った。

「上ばきには山盛りのうんこが盛られてありました」

体育着は三回無くなった。貼り出された習字の作品がびりびりに裂かれていた。椅子に画鋲が置かれたのは十回ではきかない。すべて一学期の間のことだ。

「あいつ、俺の自由研究が、県の最優秀に選ばれたのが気に入らなかったんですよ。それからますますエスカレートしていきましたもん」

「なんで先生にいわなかったのさ」

「いいましたよ、もちろん。でも無駄でした。証拠のない限り、犯人探しは難しいだろうって」

証拠などなかったが、確信はあった。おそらくその確信は、先生たち自身も持っていたのだと思う。なんのことはない、市議会議長が恐《こわ》いだけだった。

三浦はばしっ、と膝頭を掌底で打ちつけ、やろ、と叫んだ。

「男は男らしくタイマンはったらいいんだべさ。やることがどうもセコいんだよ。そったら奴、思いきりぶん殴ってやりゃいいのよ」

「だからやっちゃったんです」

「え？」

「俺、病院送りにしちまったんです。奴のこと」


『クラスには、ザリガニのザリ太郎とザリ子がいた。

ある日突然死んでしまった。朝、水槽のなかで互いの体にはさみをつきたて力尽きていた。共食いの習性があることを、ぼくは知らなかったんだ。

生きもの係だったぼくは、落ち込んだ。石で隠れ家をつくってやれば、共食いも防げただろうに。図鑑で下調べをしておけばよかった。なきがらをグラウンドフェンスのすみに埋めながら反省した。

生きもの係の仕事が消滅してしまったぼくは、プリント係へ異動した。プリントをみんなに配る係だ。ぼくはその日の昼休み、仕事始めとして学級だよりを列ごとに配っていた。

「きったねー手で配んなよな」

そんなつぶやきが聞こえてきたのはそのときだった。前から三列目、ジェロニモが眉をしかめてこちらを見ていた。ぼくはそそくさと視線をずらし、手元を見る。昨日のオイル交換の名残りで、爪のすき間が黒ずんでいた。業務用洗剤と爪ブラシで一生懸命こすったけどそうやすやすとは落ちてくれない。土曜日は丸一日働きづめ、月曜に黒い爪で登校する。がんこな汚れは週末薄れるものの、また土曜に汚れてしまう。早い話がそのくりかえし。ぼくはさっさとプリントを配り終え、席に戻った。

そっとこぶしを開いてみる。

黒い爪。切り揃《そろ》えているけど指紋までオイルが入り込んでいる。

風呂のなかで指を眺めつつ、コンクリの床に寝転がりながら、オイルドレンを回している自分を思い浮かべる。

はじめは父さんの助手だった。背中を台車に預け、車の腹に潜り込んでいく。下まわりは入り組んだ部品で成りたっている。なにがなんだかわからないけど、父さんはそのひとつひとつを的確に探っていく。グリスアップのニップルだとか、シャフトブーツだとか、ひょいひょい手を入れていく。そんな父さんは、車博士そのものだ。不自然な体勢のまま、部品を点検し、交換整備していく。ぼくが生まれる前からこうやって作業していたのかと思うと、誇らしい気持ちになる。懐中電灯を持ち込んで、一日中車の下に潜りこんでいると、男のロマンを感じる。工場は錆《さび》色の鉄骨づくり。シャッター一枚で仕切られていて、冬は死ぬほどさむい。すき間風が骨にしみるなんて知らなかった。毎日こんな仕事場で、家族の為に汗を流す大黒柱。そんな父さんの楽しみは、風呂上がり、枝豆をつまみながら缶ビールをかたむけることだった。ぼくも大きくなったらそんな大人になりたいと、このごろ思うようになった。

オイルドレンは二十一番レンチだ。もう覚えた。ヘッドをきっちりボルトにあわせ、一気にねじ回す。

最後にゆっくり外すとどっとオイルが流れだす。それは真下に置いたオイルパンに、勢いよくそそがれる。頬のわきをかすめ、どろどろに濁りきった車の血液をほとばしらせるのだ。

ごめん、太郎。

今日はサッカーはお休みだよ。そのかわりボール投げやろう。とってこいよ、ほらっ。よーしよし、痛っ、痛いよ、痛いったら！　そんなにしっぽ振り回さなくていいからさ。いてて、うん、ちょっと足使えないんだよ。太ももが腫《は》れちゃってさ、こうしてかがむのもやっとなんだよ。だからごめん、しばらくサッカーは休ませてくれよな。

あぁ。それにしてもいい天気だなぁ。ずっと曇りが続いていたから、青空はひさしぶりだよ。ほら、むこう岸の工場の煙も鉛筆みたいに立ってる。こんな風のない日もめずらしいよね。

あの音はどこかの工事現場かな？　ブルドーザーの音と、ドリルの音が聞こえてくるよ。あぁ、本当にいい天気だ。そこの草むらに寝転んじゃおうか、太郎。

わかったよ、わかったって！　そんなに顔をなめないでくれよ。なめないでくれって、太郎ってば……お前、もしかしてぼくを慰めてくれてんのかい？　えっ、そうだったの。そうか。

なんでもお見通しだね、お前は。ありがとうな。いくらぼくが空元気《から》を出しても、お前には隠し通せないや。

そうだよ。きのう蹴られた太ももが、痛くてたまんないのさ。

紫に腫れ上がっちゃって、今日もやっとのこと登校したもんね。湿布を三枚ぐるりと貼りつけて、なんとか痛みを抑えているけどそりゃ痛いのなんの。まいったよ、まじでさ。

あいつら、よってたかってぼくを取り囲みやがって。笑いながら蹴ってくんだぜ！　たまんないよ、もう。

抵抗しなかったのかって？　したよ、もちろん。でも五対一でなにができるってんだよ。せいぜい軀を丸めて頭とお腹をガードするくらいしかできなかったよ。ジェロニモのやつ、モノで子分を引きつけてんのさ。ゲームソフトとか、CDをぽんぽんばらまいて、まるで王さまきどりだよ。

あぁ痛い、本当にやってくれたよ、あいつら。そう、きのうジェロニモから呼び出されて、放課後体育用具室に行ったんだよ。

ぼくも頭にきてたからね。むこうが手を出してきたら、一発お見舞いしてやろうと覚悟を決めてたのさ。でも行ったら様子が違ってた。入ったとたんに内鍵《うちかぎ》かけられちゃってさ、あいつら五人で待ち構えてたんだよ。

恐かったな、マジ。取り囲まれた心細さっていったら、口ではいいあらわせないよ。ね、太郎。お前は喧嘩嫌いだからわかんないよね。とにかくもう、足ががくがくふるえちゃってさ、思い出しても恐くなるよ。合図をだしたのはジェロニモだった。子分たちがぼくめがけてとびかかってきた。もちろん逃げようとしたさ。でも入り口にしっかり見張りが立ってて……無理だった。そこからはあまり覚えてないや。ただ頭をかかえて、だんご虫みたいに丸まって身を守っていたよ。必死だった。つまさきが、容赦なくふりそそいできた。手加減なしでふりそそいできた。恐かったよ、太郎。太郎、太郎、太郎、太郎！！！

「おい、徹平。どうしたんだ」

呼び止められてふりむいた。白ツナギに整備帽の父さんが、レンチを持つ手を止めていた。

「お前、足けがしたのか？　さっきからひきずってるけど」

「うん、この前学校の階段踏み外しちゃってさ」

「おいおい、気をつけろよ」

父さんは再びエンジンルームに顔を突っ込んで、手を動かしはじめた。かちゃかちゃかちゃ、とバッテリーターミナルを外す音がした。工具のぶつかりあいが、冷えきった工場に響きわたった。

　ものの痛みを悟られぬよう、しゃがんでボディを磨きはじめた。

　ぼくは八十番のペーパーを手にしている。このあと三段階に目を落としていき、最終的に平らに仕上げる。板金の上に塗ったパテはもうボディにくいついている。ぼくがまかされているのは、手始めの荒削りだ。仕上げはもちろん父さんの役目だった。ぼくの仕上げではとても平面に仕上がらない。でも、父さんの指にかかったらつるつるのパテ面ができあがる。

　塗装したら、どこがへこんでいたのかわからないくらいだ。指先でなで、すこしずつ削っていく。最後はスポンジに黒い粉をつけて、ぽんぽんボディをはたいていく。そこをざっとこすると、低いところに粉が残る。わずかなでこぼこも一目瞭《いちもくりょう》然《ぜん》、ってわけ。いずれにしてもその指先はすごい。センサーでも仕込まれているんじゃないかと思うくらいだ。

　乾いたパテが、あれほど固いなんて知らなかった。

　ピンクとグレーの練りパテを、ひきちぎった段ボールのうえで混ぜあわせる。三味線のばちみたいな、三角のへらでさっさかさっさかかき混ぜていく。手早く混ぜないと、均等に固まらない。なにげなくやってるようで、実はなかなかコツがいる。

ぼくがやったとき、うまく混ざらずにムラができた。

右手にパテべら、左手に段ボール。板金したボディに手早く塗っていく。生クリームを重ねるように仕上げていく。

パテが乾いて下地ができると、ペーパーでならしていく。

まだ荒削りしかできないぼくだけど、早く仕事を覚えたい。

そして父さんを助けたい。

ぼくは開け放ったボンネットごし、父さんの姿を探した。

肩をならべて仕事ができるのはずっと先のことだろう。

その技術を追い越せる日は、はたしてくるのだろうか。

あの集団リンチ以来、ジェロニモはぴたりとなりをひそめた。

さんざん痛めつけて満足したのだろうか、ぼくのことを全くかまわなくなった。

やれやれ、嵐《あらし》は去ったか。思わず胸をなでおろした。どんな理由があるにせよ、標的がそれたのは実にありがたい。

ぼくはそれ以来、ずっと目をふせていた。教室でも廊下でも、とにかくジェロニモとかかわることを避けてきた。どんなにあの事件が理不尽なものとわかっていても、結局それが一番利口と思ったからだ。

あの日、ぼろぞうきんみたいに横たわったぼくにあいつはこういった。

「このこと、先生にチクッてもいいんだぜ」

ぼくはうなだれる。

「いいたけりゃ、いつでもいえよ。でも忘れんなよ」

かるく歯をむきだした。

「うちの会社の車、全部お前んトコの工場に車検出してるってこと」

おとぼけギャングの経営する会社のことを考えた。

二トントラック三台。

カローラ五台。

ハイラックス五台。

軽トラ五台。

十八台の社用車全てを引き受けているのが、父さんの勤める工場だ。父さんから聞いていただけに、ぼくは鼻水を飲みこんだんだ。

だから耐えた。ぼくさえだまっていれば、父さんの工場はお得意さんをつかんでいられる。実際十八台の顧客を手放すことがどれほどの損失かということを、ぼくは仕事を通して感じていた。

耐えぬいた。耐えて耐えて耐えぬいた。

太鼓の乱れ打ちみたいにおそってくる蹴りを、歯をくいしばってこらえた。軀の痛みなんていずれは癒《い》える。でも、心の痛みはずっと残り続け、明け方いやな寝汗をかかせる。

それは去り際にジェロニモがはきすてた、ひとことだった。

「シンナー臭《くせ》えんだよ」

そのとき、かっと心が燃え上がるのを感じた。

ぼくに対してではなく、父さんに対しての侮蔑《ぶべつ》だ。脳裏に思い浮かんだのは、すき間風ふく工場のかたすみで背中を丸め、ボンネットのなかに半身を乗り入れている父さんだった。

コンクリ床は、氷のように冷え込んでいる。立っているだけで、腰がつめたくなってくる。ロケット型のジェットヒーターが、火炎放射器のように焔《ほのお》を吹いている。けれどとても寒さはしのげない。それだけではとうてい暖まらない。

指先にレンチがへばりつき、曲がったままもとに戻らない。

ときおりヒーターに手をかざし、グーパーを交互につくり、また工具を握る。たっぷり黒ずんだ軍手を尻ポケットに突っ込み、塗料のしぶきで染め上げられた安全靴でかいがいしく動き回る。

ぼくは知っている。

洗濯機に放りこまれた肌着の首元が、黒く汚れていること。

風呂のなかで顔をふいたタオルが、うっすら汚れてしまうこと。

全塗装の日はとくにその汚れがきつい。

使い捨てマスクなんてほんの気休めだ。

ほっぺについたゴムひも痕は父さんの勲章だ。ジェロニモはそれをひきちぎり、泥靴でふみにじったんだ。思いきりかかとで踏みつけたんだよ。

ぼくは掌に爪を立て、こぶしを握り続けていた。

あいつらが去って、真っ暗に沈んだ体育用具室で、声をおしころして泣き続けていた。

陽のあたる物干し場で、ぼくは図鑑をひらいていた。

エアデールテリア。太郎は最近、ますます図鑑の猟犬に似てきた。

おとなしいけど、動くものに関しては少々興奮しすぎてしまう。ボール遊びに目がなくて、動くものを見るとまっさきに飛びついてしまう。最近はマテのコマンドをよほどきくようになったけど、くしゃくしゃの毛並みを撫でるにつけ、ぼくはある確信をつよめる。首筋に鼻を埋《うず》めながらひとりごちる。

「お前、本当は猟犬なんだろう？」

イギリスのエア川流域で、カワウソ猟にもちいられた猟犬。レトリバーのような回収犬でもなく、ポインターのような探索犬でもない。丈夫なあごとおおきな犬歯は、小動物を一咬《ひとか》みでしとめるためのもの。エアデールテリアとは、ひとえにそれだけを命じられた犬なのだ。

歯磨きをするとき、牙《きば》が大きいのには毎回驚かされる。カワウソを嚙み殺す血をひくとしたら、ぼくの手なんかかんたんに嚙みちぎれるはずだ。でもいくら口に手を突っ込もうが、むりやりフィラリアの錠剤を押し込もうが、歯をたてたことは一度もない。攻撃のこの字もしらずに、のほほんと大きくなってしまった。

おっとりひなたぼっこを楽しみ、腹を出して甘える太郎からはまるで攻撃性が感じられない。戦争中は軍用犬、今は警察犬として活躍しているらしいけど、あくびをしている太郎はどう見てものんびり屋だ。

頑固といえば頑固で、一回叱《しか》ったことをずっと覚えているようなところもある。
太郎は、運動好きで、かけっこが得意だ。
エアデールテリアと、何の犬種のかけあわせなのか？
あぐらの上の図鑑に目をおとし、しばしの空想を楽しんだ。
シェパード。
シベリアンハスキー。
ラブラドールレトリバー。
ドゴアルゼンチーノ。
バーニーズマウンテンドッグ。
いやいや、日本犬かもしれない。
柴犬《しばいぬ》。
秋田犬。
四国犬。
図鑑と首っぴきで調べあぐねたあげく、答えにたどりついた。
エアデールテリアと、名もなき雑種とのかけあわせ。それ以外には考えられない。
本人はそんな思惑をよそに、のんきに後脚で首をかいていた。

血統がどうとか、純血種がどうとかという問題じゃない。太郎こそがぼくの愚痴を聞いてくれる親友であり、兄弟であり、子分だった。

ぼくは思い描く。

大人になって車を買い、助手席に太郎を乗っけてドライブしている未来の自分を。その日がくるまで〝乗車〟と〝下車〟のコマンドを覚えさせておこう。日曜のたびに、いろんな所に行ってみたい。

はじめてのドライブは、広々した草原がいい。

真っ青な空の下、野原に切り開かれた一本道を、どこまでも、どこまでも走っていきたいと思う。

地平線の彼方《かなた》には、いったいなにがあるんだろうな。

「抜いちゃうんですか？」

ナイフを握りしめたおじさんにぼくは聞き返していた。

「おう、抜いちまうんだ」

おじさんはストリッピングナイフを小刻みに動かしていった。

黄ばんだ歯に、どす黒い歯ぐき。たばこのヤニと茶渋《ちゃしぶ》がしみついていた。

「ナイフってもよ、まぁクシみたいなもんだな。刃をあてて、すこしずつむしっていく感じだ」

ポロシャツの胸元には、犬のロゴが入っていた。立ち耳のシルエットは、アラスカンマラミュートかなにかだろう。

はげ頭のがっちりした体格。くりっとした瞳に、だんごっ鼻だ。にこやかな口調だが、笑顔がどこかわざとらしい。この人いったんキレたらとことんキレまくるだろうな。ぼくはひきつった表情でメモをとりつづけていた。

ペットハウスリンリンは、むんとした空気がたちこめていた。

洗っていない上ばきの臭いというか、牛乳をふいた古ぞうきんというか、ともかく普通でない臭いでむせ返っていた。

ゲージのなかの子犬は体にうんちをへばりつかせている。

そのコたちが動くたび空気がかき乱され、臭いが分散する。鼻がばかになってくれたら、どんなにありがたいか。ここまでくればもうやけくそになる。ぼくはやや口をひらき気味にして、鼻で息をしないようこころがけた。

「まー、ストリッピングはテリア独特の手入れのし方だけどよ」

手首のスナップをきかせ、ナイフを動かしながらいう。

「ぞおでずが」

「ふつうは毛を刈り込んで形づくるんだぜ。でもテリアはごわごわの剛毛じゃん。抜いてやったほうが、いい毛が育つのよ」

「だるほど」

ひとことひとことを漏らすことなくメモ帳にかきとめた。

それにしてもな……掃除の行きとどいていないお店である。

そこら中に段ボールが置かれ、がびがびのタオルが床に落ちている。商品棚は乱雑で、整頓《せいとん》という意識がまるでない。

ほこりをかぶったドッグフードが日焼けした包装をさらし、こわれかけの竹ぼうきが横になって通路をふさぐ。

ケージのなかのペットシーツ。ふみつけられたうんち。

このコたちを買い取りたいと思う客がいるのだろうか。乾ききった汚物を体にへばりつけ、無邪気にじゃれつく子犬をながめつつ、そっとため息をついた。

一番奥のケージには、なぜか古モップがつめこまれていた。

それを犬と知ったとき、ぼくは身をよじった。

古モップが突然反転し、ギロリとこちらに目をむいたのだった。

所どころ毛の抜けた、皮膚病のシーズーだった。

目のまわりは涙やけし、ねっとり目ヤニにまみれていた。

砕けそうになる膝がしらをぐっとふんばり気合いを入れた。

街に一軒だけのペットショップだ。泣きたい気持ちとうらはらに、ぼくはニコニコ笑い続け、ストリッピングの情報を引き出し続けた。吐き気をこらえていたのはいうまでもない。

「それにしても感心だな。ぼく、よほど犬が好きなんだねぇ」

「ふぁい」

おじさんは、太郎の写真を指先ではじきながらいった。

「こりゃ絶対エアデールの血が入ってるぞ！　体形といい、顔つきといい間違いねえな。毛をととのえてやれば、それらしく見えるかもよ。がんばんな、おい！」

おじさんはこれ以上ないくらい目尻にしわを刻んで笑った。ネギの切れはしをつけた前歯が、よどみきった空気のなかで鈍くきらめいた。

「おういアキコ。昼はラーメンつくれよ、ラーメン」

おじさんがレジをふりかえって、おばさんにいった。

レジのうしろにすわっているおばさんは、アイスをほじくりながらうなずいた。

よくここでものが食えるよな。ハーゲンダッツのチョコカップだった。ちょっとぼく、いっしょにアイスでもどお？　そんな誘いをうけてはたまったものではない。写真とメモ帳をしまい、そそくさと店をあとにした。

「まいどありぃ。また来なよ」

おじさんの、はずむような声を背に、サドルにまたがる。千九百円。ポケットの上からストリッピングナイフの手触りを確かめた。

ぼくは太郎の待つ我が家に自転車をはしらせた。

空気がやけに美味かった。


父さんの夢が動きだしたのは、その翌週だった。

背広に七・三わけ、アタッシェケースをかかえたお客さんの対応に追われた。クリアケースから書類をとりだし、ちゃぶ台ごしに膝を正す。どうぞ楽に。父さんがそうすすめても、お客さんは絶対正座を崩さなかった。

〈少年ジャンプ〉を読んでいたぼくは母さんにうながされ、隣にひっこんだ。障子ごし、こていきんりとか、りりつ、とか難しい言葉が聞こえてくる。

銀行の人たちなのよ。紅茶を準備する母さんがうれしそうに耳うちしてくれた。

聞き耳をたてていたぼくは、えっ？　と聞き返した。

「融資のはなしよ、融資の」

「へぇー」

お盆の上にはショートケーキがのっていた。いつもはせんべいなのにいちごのショートケーキだ。セロハンには、ロアール堂のマークが刷ってあった。

その日を皮切りに、翌日からたくさんのお客さんが出入りするようになった。

大工さん。左官屋さんに、機械屋さん。

さまざまな業者さんが日替わり定食みたいに訪ねてきたのだ。のしを貼った一升瓶を小脇にかかえ、口々にお祝いの言葉を述べた。

「これからも末長いおつきあいをお願いします」

「社長、ぜひとも我が社の車も面倒みてやってください」

社長なんて呼ばれている父さんは照れくさそうに首に手をあてていた。中学を卒業後、見習い修理工をふりだしに家族経営の町工場で働き続けた。二十五年をかけ、父さんは整備のイロハを身につけた。板金をモノにし、塗装を覚えた。すべての準備が今ととのった。お客さんを送りだしたあと、母さんは目を三日月にさせてお盆を抱いていた。ちっぽけな借家でこつこつ資金を貯えつづけた夢。それが叶《かな》うのかと思うと、ぼくも興奮をかくせなかった。

ひたすら車の腹にもぐって部品交換をし、指紋のすりへるまでペーパーがけをしてきた父さんだ。ぼくはその肩を、いつまでも揉んでやりたい衝動にかられた。

父さんは、その晩ひとりコップ酒をかたむけていた。

大根おろしの塩辛のせを肴《さかな》に、なめるようにして晩酌《ばんしゃく》を楽しんでいた。ずらりと茶の間に並んだ一升瓶を眺めながら、うなずきながら。

翌日、ぼくは太郎を連れて河原に出かけた。

あいかわらず古びた橋脚だった。

黄土色の水面が、対岸の葦を揺さぶっていた。

車が通るたびH鋼の橋桁《はしげた》が鳴く。かみあった連結部のすき間からタイヤの音が漏れだした。

橋の下の、踏みしめられた空き地だった。

横に這《は》ったクローバーは全部の葉がぺしゃんこだ。錆びついたジュースの空き缶が、二、三ころがっている。曲がりくねった柳の枝に、コンビニ袋がひっかかっていた。

弁当の発泡容器が風に吹かれて飛んでいく。ぼくたちがボランティア授業でゴミ拾いをしているというのになぜちらかすのか。そんな大人はここにくるな。

木材の切れ端や、古タイヤが豪雨のたび押し寄せてくる、ドブ臭い川の岸辺だ。それでも太郎と思いきり走りまわれるここは、ぼくたちのお気に入りだ。無料のドッグランだ。

「よし、だいぶ格好よくなってきたぞ」

ぼくは太郎からナイフを離し、あとずさって目を細める。痛くないのだろうか。教わったとおり毛を引き抜いていったが、全然嫌がらない。もしかすると気持ちいいのかもしれない。

ペットハウスリンリンで教わった、ふたつのことを思い浮かべていた。こわごわ作業をすると犬はその不安を察知してしまうこと。作業しやすいよう、犬のリードを結びとめておくこと。

いわれたとおり車止めの鉄柵にリードをつなぎ、普段どおりに体を撫でまわしてやった。そして少しずつナイフを当て綿毛を抜き取っていった。もしゃもしゃだった太郎は、やがて変化していった。

古い下毛が取り払われていくと、正方形にちかい体のラインが現れた。ずいぶん脚が長い。ディズニーキャラクターの犬がこんな格好をしていたように思う。もしかすると、あれはエアデールテリアなのかもしれない。

眉のうえをすっきりさせた太郎は小首をかしげ、ぺろりと鼻先をなめた。そんなしぐさが実にきまった。

「よっし。帰ったら、父さん母さんびっくりさせてやろうぜ」

片ひざをつき額にナイフをかまえたそのとき、ぼくを呼ぶ声がした。

マウンテンバイクをとめてこちらに歩いてくる人影が見えた。舌打ちが出た。凪船の空気が、一気にしぼみ始めた。ジェロニモだった。

「よう」

ジャージ上下にスニーカー姿だった。肩からラケットケースをさげている。そういえばテニススクールに通っているといううわさだ。

「カッコいいじゃん！　これ、きみの犬かい？」

驚いたように太郎を指さす。その表情に敵意はない。

「う、うん。そうだけど」

「珍しい犬だね。なんていう種類？」

雑種、といいかけてぼくは思いとどまった。

「ミックスだよ。エアデールテリアのミックス犬」

へー、と声を間のびさせ、中腰になった。

太郎はちぎれるようにしっぽを振る。ジェロニモを舐《な》めようとしている。立ち上がったせいで、リードがぴんと斜めに張っていた。

ぼくは後ろに組んだ両手を、ぐっと握りしめていた。

太ももの痛みがぶりかえしてくる。はやく行ってしまえよ、ばか。心でそう毒づいた。ジェロニモが、顔をあげて笑いかけてきた。

「ぼくんちも二頭飼ってんのさ。アメチャンだぜ、アメチャン」

「アメチャン？」

「アメリカンチャンピオンさ。パパがアメリカから輸入したんだ」

自慢とも嫌味ともつかぬ口調だ。

「それはすごいね」

「ピットよ、ピット。アメリカンピットブルテリア」

残念ながらぼくはピットを知らなかった。しかしこいつが犬好きだと初めて知った。さんざんぼくを痛めつけたこいつが犬好きとは。

「いい犬じゃん、なんて名前？」

「太郎だよ、たろう」

「よーしよし、太郎！　いいコだ、いいコ」

あっという間に太郎を抱き、体中を撫でまわしていた。ぼくの許可なしに、だ。

太郎は宿敵に、さかんにしっぽを振った。複雑な想いに胸がはりさけそうだ。太郎、こんなやつ嚙みついちゃえよ。

ジェロニモがなにかいった。

それはあまりにも小声だったので、ぼくは耳をそばだてた。

「ごめんよ」

「えっ？」

「俺、ひどいことしちゃっただろ。ずっと反省してたんだよ」

ぼくはびっくりして固まった。

ジェロニモはがばっと両手をつき、土下座の姿勢をとった。

「許してくれ、きみにひどいことしちゃった。本当にごめんよ、ごめんよ」

そのときぼくをおそったのは、とても入り組んだ感情だった。

犬好きに悪人はいないといわれるが目の前の成金野郎はどう考えても善人ではない。同じ犬好きという共通点はあるにしろ、すぐに握手をして肩を組む相手ではない。それほどぼくはお人好しじゃない。父さんを侮辱し、ぼくにさんざん蹴りを入れた相手をやすやすと許してたまるものか。

だまって突っ立っていると、ジェロニモが肩を震わせていった。

「俺、あの後本当に反省したんだ。人として最低のことをしちゃったって。このとおりだ、ホントごめん!」

頭を地べたにこすって許しを乞う。金にものをいわせ、子分をひきつれ弱いものいじめをしていたジェロニモではなかった。声はかすかに震えていた。本心がにじみ出ていた。

もしかすると本当に、犬好きに悪人はいないのかもな。

ぼくは、ちいさくはいつくばったその肩に手をおき、ゆっくりかぶりを振った。

「もういいよ」

罪を憎んで人を憎まず。国語の授業で先生はそう教えてくれた。過《あやま》ちを悔いた人間ほど、哀《かな》しい存在はない。そうした意味のことを、この間ことわざの勉強で習ったばかりだった。

「いいよ、もう」

手をさしのべると、ジェロニモはすがりついてきた。

ぼくたちはどっしり突っ立ったまま、お互いの表情に見入っていた。太郎がそのわきで盛んにしっぽを振っていた。

ありがとう、ありがとう、と手を握ってきた。そのぬくもりが心を解きほぐしていく。やはり犬好きに悪人などいないのだ。こんなふうに始まる友情もいいかもしれない。ぼくは垣根の取り払われた気持ちで、新しい友の目を見つめていた。

「徹平」

ジェロニモが名を呼んだ。

「俺たち、友達になれるかな」

「うん、もう友達だよ」

「ホント？　ホント？」

「友達だよ、もう。今度一緒に犬の散歩でも楽しみたいね」

そういうとジェロニモは顔をくしゃくしゃにして笑い、尻ポケットに手を突っ込んだ。

「これ、俺の気持ちだよ」

無造作に取り出した札入れが、ぱんぱんに膨らんでいる。一万円札をひきぬき、押しつけてよこした。

「好きなものでも買いなよ。友情のしるしだぜ」

ぐんぐん上っていたエレベーターが、すとんと落下していく。

吊《つ》り上げられていたワイヤーが、ぷつりと切断されてしまった。

しわひとつない一万円のむこうの、満面の笑み。それが友情の証なのか。金で人の心が買えると思うのか。

「ほら、とっとけよ。俺たち、もう親友じゃん」

「いい、よ。いらないよ」

「遠慮するなよ、徹平。俺は気に入ったやつにしかこんなことしないんだ」

罪を憎んで人を憎まず。ぼくはこのことわざを教えてくれた先生に、問い詰めたくなった。先生、罪ってなんですか。人を憎んではいけないのですか。誰とでも仲良くしなさい、って本当なんですか。絶対仲良くなれない人っていますよね。ねぇ、先生。

ジェロニモは固まった手に、強引に札をねじこもうとした。ぼくは意地でもこぶしを開かなかった。あの薄暗い体育用具室の、かびくさいマットのにおいがじんわりよみがえっていた。吐き気をもよおしてきた。

ジェロニモは、ははぁん、と首を振って手をひっこめた。

その瞳には、いつものずるいような、あざけるような光が宿っていた。

「がめついやつだね、きみも」

「えっ？」

「一万じゃ足らないってか。まぁあれだけやられたんだ。そんなに安くはないよな」

よしよし。鼻で笑ってひとりごち、札入れを地面に投げつけた。

「くれてやるよ、全部」

ぼくは内心、ギョウ虫野郎が、とつぶやいていた。

「そのかわりチャラだぜ、これで」

やはりあのジェロニモだ。ゲームソフトやＣＤをばらまき、常に子分をはべらせていたあのろくでなしだ。

怒りより哀しみが大きかった。一瞬でもこいつを信じた自分がばかだった。この気持ちをどこにぶつけたらいいのだろう。言葉を失ったぼくに、ジェロニモはいった。

「最後にこれ、返しておくよ」

握った手を近づけてくる。その瞬間、目に激痛がはしった。

熱湯を吹きつけられたようだった。

「痛いっ痛いよ、痛いよぉっ」

目の前が真っ赤に染まり、焼け付く痛みが両目に突きささった。ぼくは両ひざをついて、顔をかきむしった。

狂ったような太郎の吠え声。

異変を察知した猟犬の本能だけが、ぼくの鼓膜をひびかせていた。

涙がぼろぼろでてくる。なにも見えない。助けてくれ。助けて、とぼくはこわれたチョロQのように、赤土の上を転げ回った。

頭の上で口笛の音がした。勝ち誇った笑いが響きわたった。

「やっぱり効くなぁ。護身用のスプレー」

わけがわからなかった。

「トウガラシ成分配合の、強力タイプだよ。やっぱりSWAT《スワット》のものは効き目がちがう。実験は成功だ」

なん、だよ。実験ってなんだよ。まぶたが開けない。くっついてしまっている。

ぼくになにをしたんだよ。

罵声《ばせい》がふりかかってきた。

「生意気なんだよ、お前。人に土下座までさせてさぁ」

憎々しい、いつもの声色だった。

「素直に受け取らないからこうなるんだよ。一万で手をうっておけばよかったんだ。そうすればこんな目にあわずにすんだんだ」

「なにいってんだよ。わけわかんね――」

衝撃がきた。胸を蹴りあげられた。

息ができない。空気がはいってこない。釣り上げられたフナみたいに必死で口をぱくぱくさせた。甲高い耳障りな笑いに、ぎゃんぎゃん吠え続ける太郎の声がする。気が遠くなる。

空気がほしい。いくら口を動かしても息がつけない。遠いどこかで高笑いが聞こえてくる。太郎の声。激しいうなり声。初めて耳にする、恐ろしい響きだった。

ようやく息がつけるようになったそのとき、ぼんやり視界がひらけてきた。真っ赤な霧がわずかに開け、うっすら人影が浮かびあがった。ラケットケースに手をかけた、ジェロニモの姿だった。

手にしているのはなんだ？　ラケットなんかじゃない。必死に目の焦点をあわせたぼくは、ひっ、と声をつまらせた。

銃、だった。

ただの銃じゃない。先っぽに弓矢のついた、アーチェリーみたいな鉄砲だった。

細長い矢をセットするジェロニモが、こちらを見ている。

その影が徐々に近づき、ゆっくり銃口がしぼられてくる。

表情は読み取れないが、なにを狙《ねら》っているのかは明らかだった。

這いつくばって逃げた。

いやだ死にたくはない。四つんばいの後ろから、狂ったように吠え続ける太郎の叫びが聞こえる。

神さまぁっ。

心のなかで手をあわせた次の瞬間、空気が裂かれた。

ぼくは頭をかかえ身をよじった。

絶叫が聞こえた。

そのとき気づいた。その叫びがジェロニモのものだということに。

ふりかえって目をこらす。

ぼんやり浮かびあがったのは、ぶんぶん両腕を振り回すジェロニモの姿だった。

リードを食いちぎった太郎がその尻に食いついて首を振り回していた。うなりながら、がっちり食らいついていた。

初めて耳にする太郎の怒り声に背筋は冷たくなった。

赤くそまったおぼろげな視界のむこうに、カワウソを嚙み殺すエアデールテリアの本能を見た。

「太郎、イケナイッ、太郎っ」

ぼくが気を失う前に見たものは、驚くほど鋭い鋭い牙だった。

その事件が新聞をにぎわせることはなかった。

どれだけ金を使ったのかはわからない。どれだけ裏に手を回したのかもわからない。ただ市議会議長の父親が、警察署長と親しい間柄だったのは確かなことだ。

公示が目前に迫っていた。

今回の選挙は激戦といわれていた。議席の定数が大幅に削減され、新人が目白押しのなか、議長の息子がボウガンを人にむけた事実は命取りだった。

むけただけなら罪にならないだろう。所持するだけなら法に触れることもない。ただ、その後の調べでジェロニモが学校のウサギを皆殺しにし、猫に矢を突き立てていたことが判明した。

明るい子供の声がひびくまちづくり。掲示板にでかでか貼られた選挙ポスターに、目玉の公約が太字で書かれていた。その公約をぶちこわしにかかったのが、一人息子のジェロニモだ。皮肉にしても笑えない。

おとぼけギャングが家にやってきた。

「遺憾《いかん》です」

開口一番そう切り出した。

「申し訳ない思いで一杯です」

軽く頭を下げたその態度は、心底詫《わ》びているようには見えない。ふてくされた子供が先生から頭を押さえられ、しぶしぶ詫びている姿と似ていた。

「お宅のご子息に銃をむけたことは確かに許されることではありません。わたしは今後訴え続けます。このような過ちが、二度とおこらない町をつくることを。それが政治家として課せられた、わたしの使命です」

ふすまごしに聞こえる声はどこかしらとんちんかんだった。ものごとをうまくすり替えようとしている。

引き戸のすき間から、ぼくはじっと目をこらしている。おとぼけギャングの濃紺のスーツを着た後ろ姿が見える。その肩ごしの父さんは、ずっと腕組みをしたまま目を閉じていた。

「丸く収めませんか、ここは」

ひくくささやく声が聞こえた。

「うちとしても大事にはしたくないんですよ。場合によっちゃあなたを提訴することもできるんだ。人間に大怪我《おおけが》をさせた狂犬を野放しにするな、ってね」

しおらしい態度から一変して声色をかえた。

「きっかけはうちの息子だったかもしれない。でも子供の遊びじゃないですか。法律で許可されているオモチャじゃないですか。本気で射ようなんて思いませんよ。ジョークですよ、ジョーク」

「あんたの息子はジョークでウサギを皆殺しにするんですか」

しっかりとした声で、父さんが聞き返した。

「ボウガンだかなんだかしらんが、あんたは自分の息子にあんな武器を預けてるんですか？　ボウガンだけじゃない。トウガラシのスプレーで目つぶしをくらわせたんだ。あんたが買い与えたそのオモチャで、小学校のウサギが血祭りにあげられたんだ。それを発見した飼育係の子供たちの気持ちを理解できるか」

父さんが一気にお茶を飲み干し、言葉を続けた。

「お宅のバカ息子が、どんなことをしたかわかってんのか。俺の倅《せがれ》の軀にゃ、今もあざがたくさん残ってんだよ」

　ちゃぶ台をたたきつける音に、母さんの悲鳴が入り交じった。

「それをいうなら五分五分だ」

「なんだと」

「ウチの息子は今病院なんだ。幸い命に別状はないが、救助されたとき、左手の小指が皮一枚でつながっていたんだ。どんなに恐かったことだろう、可哀想《かわいそう》に。あのコの心には、一生消えない歯形が残っちまったんだよ」

　それきり静かになった。

　にらみあう気配のようなものだけがひしひしと伝わってきた。

「ここは涙を飲みますよ」

　芝居がかったおとぼけギャングの声がした。

「わたしが引きますよ。お互い痛みわけ、ってことでね。ですがひとつ条件があります。あの狂犬をすぐにでも処分してください。保健所に来てもらうんだ。こんな被害者はうちだけでたくさんですからね」

「やろ」

　湯吞《ゆの》みが割れる音がした。

　罵声がとびかって、思いきり玄関の戸がしまる音がした。

「おい、塩だ、塩持って来い」

どなりちらす父さんの声を聞いたのは、これが初めてのことだった。


暗証番号はぼくの誕生日だ。

それは母さんから知らされていた。

キャッシュカードと、おろしたばかりの全財産をポケットに忍ばせていた。一年生からのお年玉の積み立ては、かなりの額になっていた。

郵便局の封筒にいれると、けっこうな厚さになった。

母さんは中学入学の資金にするっていったけど、もう関係ない。

今ごろ学校は給食の時間だろう。今日はたしかお楽しみメニューだ。鶏《とり》の唐あげにキラキラサラダ。チョコ味のミルメークに、ちゅうかスープ。プリンもついていたはずだ。ぼくの分は、ジャンケン争奪戦になって勝者の胃袋におさまるのだろう。でもそんなことはどうでもいい。

早びけをしたぼくには関係ない。

もちろん医者にいくという言い訳はうそっぱち。あとからばれても全然平気だ。家になど帰らないのだから。

秋のさわやかな風が、頬をなでていく。息があがりそうだ。

ぼくはポケットを押さえながら、駈け足をはやめた。


おとぼけギャングが帰ったあの日の晩、ぼくは聞いてしまった。

夜おそくまで電気のついた茶の間で父さん母さんが話しこんでいた。それは太郎の今後についてだった。

もちろんぼくが寝ていると思っている。布団のなかでうつぶせ、息をころして耳をすませた。ぼそぼそと重々しく、ときに消え入るようなささやきだった。

薬殺とか、保健所とかいった単語がとびこんできた。

「悪いのはむこうじゃない」

泣きそうな母さんの声だ。

「太郎が助けてくれなかったら徹平はどうなっていたのよ。命を救ってくれたんじゃない。ねぇ、お父さん」

布団にくるまりながら、ぼくは幾度もうなずいた。ため息ともうめきともとれぬ涙声に、背筋が震えてきた。

太郎はどうなってしまうのか。

初めて人を噛んだぼくの相棒。

リードを噛みちぎってぼくを助けてくれた忠犬。

あんなに怒った太郎を見たのは初めてだった。

フィラリアの錠剤を飲ませるとき、ふざけて舌をひっぱっても、こまった顔をするだけで決して歯をたてなかった。

一生人を噛むことなどないと思っていた相棒は、主人を守るためその掟《おきて》をやぶった。なぁ、太郎。ぼくは布団のなかで自問自答する。

あのときお前が来てくれなかったらぼくは死んでいただろう。金属の矢を射《う》ち込まれ、さんざんいたぶられていたはずだ。あんなものが喉《のど》をつらぬいたら、間違いなく生きてはいない。ボウガンを構えながらジェロニモは鼻歌を口ずさんでいた。ウ楽しそうに、調子はずれの音程を響かせていた。アニメのテーマソングだった。ウサギ小屋を襲撃したときもそうだったのだろう。笑いながら、逃げまどうウサギに引き金を絞ったに違いない。

銃口をむけられたときの、胃がちぢむ思いが、強烈な吐き気とともによみがえってきた。

ぼくは、うえっ、うえっ、としゃっくりのような吐き気を飲み下そうとした。

顔を枕《まくら》にめりこませ、声をおさえこんだ。

ごめんよ、太郎！　あの日、あの場所に行きさえしなきゃ、なにもおこらなかったんだ！　ぼくが悪いんだ、太郎！

「しょうがないだろう。大怪我を負わせちまったんだから」

父さんの声が飛びこんできた。

びくっと身をすくめた。

そろそろと布団から身をおこすと、窓のむこうがうっすら白みはじめていた。

ぼくは走る。全力で腕を振る。薬局の角をまがり、床屋の赤青の回転灯をこえると、我が家の板塀が見えてくる。

その板塀のむこうに、太郎がいる。

縁側の下におかれた犬小屋から半分体を出し、飛んでくる蠅《はえ》に嚙みついたり、後ろ脚で頭をかいてみたりして過ごしている。塀の外からぼくの足音を聞きつけ、がちゃがちゃ鎖をならして喜ぶ。不思議なことに足音だけでぼくとわかるのだ。

お願いだ、太郎。今日は静かにしていてくれ。お前が騒ぐとばれちまうんだ。

塀まぎわ、祈るように忍び足をとった。うすいズックのゴム底が小石をかみこむたびひやっとした。

トレーナーの袖で額の汗をぬぐい、つばをのんでまわりこんだ。

太郎、いくぞ。ぼくと一緒に逃げるんだ！

「太郎」

植え込みごしによびかけた。

「たろ……」

犬小屋の前、鎖がうっちゃられている。赤い革の首輪だけがつながれてあった。

ぼくは犬小屋に駈け寄る。ひざをつき、入り口に頭を突っ込んで確認する。

太郎！　どこだよ、太郎。呼び声が大きくなってくる。

「太郎どこいったんだよ、早くでてこいよっ！　おいったら」

犬小屋のなか、敷いてあるタオルケットが匂った。太郎の匂いだ。

「おい、逃げるんだよっ、早く出てこいよ。早く、早くしろよ」

その日の朝、出掛けに頭を撫でてやった感触がおしよせてくる。疑うことを知らない、くりくりした瞳が胸をしめつける。たったひとりの親友の、ちぎれるほど振ったしっぽ。ぼくにむけての、精一杯の笑顔。ボールを追いかける河原の、琥珀《こはく》色の西陽。

鎖を握りしめれば、冷ややかな感触が掌から心臓に突き抜けた。目の前が急にぼやけてきた。四つんばいになった手の甲に、ぼたぼた、ぼたぼた滴が滴《したた》ってきた』

とどろきわたった。

真っ赤に染まった喉の奥から、咆哮《ほうこう》があがった。

三浦のスカジャンの背中で龍が吠える。三浦は背をむけ、海にむかって大声を出していた。

こぶしが天を突く。猛烈な叫びがオホーツク海にひびきわたった。

三浦ががむしゃらに駈けだした。唸りともつかぬ地声をひびかせ、海に走った。

「ちょっ、三浦さん、三浦さん」

徹平はあわててあとを追った。

龍がどんどん遠ざかる。砂が舞う。思いがけない駿足《しゅんそく》に、徹平はあわてふためいた。

足がとられそうになった。三浦はこぶしをくりだしながら、子供のようにわめきちらしている。見えない敵に怒りの鉄拳を浴びせるような突進だ。原生花園がさわさわ揺れうごく。ものしずかな原野にうめき声がこだまし、うす曇りの空が沸き立った。

海のむこうに島影が見えた。絶叫は、霞みゆく島へ激しくなだれこむのだった。わずかばかり花を残したハマナスの茂みに龍は駈けこんでいく。丘のとば口を駈けあがるたび野獣はおおきく上下し、サテン地のすそをひるがえす。手負いだ。手負いの龍がうねりながら身をひるがえす。

「おぉおおおおぉぉう うおぉぉぅぅうおお」

暴発だ。ヘッドバンキングをしながら、ひたすら走り続けている。その姿を追っているうち、目頭が熱くなってきた。三浦は太郎を想っているのだ。見たこともないエアデールのミックス犬を思い描いているのだ。

気持ちは徹平にも痛いほど伝わってきた。

そうすることでしか哀しみを消化できない。

そうすることでしか打ち消せない。

表現できないいらだち。

おしとどめておけない苦しみ。

引き裂いても引き裂いても、途切れることのない心の裂け目が、トラッカーの軀から発散されていた。

ようやく追いついたそのとき、三浦は砂丘の頂上に突っ伏して泣きじゃくっていた。

「くしょう、ちっくしょう」

三浦がきつく握ったこぶしを、思いきり地面にめりこませた。

砂がとびちりスニーカーの甲にふりそそいだ。親の仇《かたき》を打ち据えているような、はげしい気迫だ。剃《そ》りこみを入れ極太の学生ズボンをはいていた高校時代が、なんとなくしのばれた。

徹平は突っ伏すように隣にしゃがみこんだ。

三浦ががっくりもろ手をつきうなだれる。乱れたリーゼントから、ポマードがにおった。

「あるかい、こったら話あるかい」

「三浦さん」

「これじゃ太郎があんまりだ。うあ、太郎が、太郎が」

そこまでいって三浦がまた泣きだした。

しゃくりあげるように、細かく喉を震わせた。

徹平は不思議な気持ちにおそわれていた。

なぜここまで感情をあらわにするのか？

会ったばかりの他人になぜここまで味方してくれるのか？

まして飼い犬の太郎になんでここまで涙を流してくれる？

損得ではわりきれぬ行動だった。

こんな大人はまわりにいなかった。

学校にも、もちろん家にも。世界中のどこを探しても三浦のような大人には出会えないだろう。

大の男が駄々っこのように泣きじゃくっていた。リーゼントをふり乱し、足下の草をひきちぎって、おいおい声をはりあげていた。

そのとき徹平の胸にあふれてきたのは、心地よく温められたさざなみだった。熱すぎずぬるすぎない波が、ささくれだった心に見る見る染みこんでいく。

「涙ふいてくださいよ、三浦さん」

ポケットティッシュを手渡すと、うつむいたまま受け取った。

「太郎も喜んでますよ」

「え」

「こんなに哀《あわ》れんでもらって、アイツは幸せです。今ごろあそこからこっちを見てんじゃないすか」

そういって空を指さすと、くっ、とまた声をつまらせた。

「鼻、かんでください」

スカジャンは砂まみれだ。龍の刺繍《ししゅう》一面に、細かい砂つぶが入りこんでいる。背中が泣いてる。細かく震えるその肩に、全身の哀しみがとりついていた。

三浦は顔を伏せたままティッシュを使いつづけ、最後の一枚で、ビーッと鼻をかんだ。

「これで終わりにしましょう。俺もやっと断ち切れそうです」

「うん、うん」

「ほら、顔あげてくださいよ」

ゆっくり三浦が顔をあげる。

髪はばらばらに額にはりついている。目は結膜炎のように真っ赤な充血だ。

「み、うら、さん、それ」

徹平は指さした姿勢のまま、腕を枯れ枝のかたちに固まらせた。

上くちびるの先になにかついている。よくよくみれば鼻水だ。かみちぎったブドウのような、半透明のゴム糊のような、見事なアオバナだった。

「は、はなみず」

そこまでいって徹平は吹き出した。

牛乳を飲んでいなかったのが幸いだった。

「なに？　なに？」

三浦があわてて顔に手をあてる。

「反則すよ、それ。か、勘弁して。は、腹いて、腹」

徹平は軀をおりたたんで笑いころげた。三浦の笑いがそこにかぶさってきた。

夏のおわりのオホーツク海。砕ける波音が聞こえた。

スカジャンの中年男とGジャンの高校生は、砂丘の頂上に突っ伏しながらげらげら笑いころげた。

どちらの声も、可笑《おか》しくて、ばかばかしくて、そのくせ哀しそうだった。

それは潮風に乗り、草原のむこう、海に吸いこまれていく。

ぼやけた水平線に吸いこまれていく。

あたりがしん、と静まり返ったのはしばらくしてからだ。

鼻を啜《すす》りあげる音が隣から聞こえたかと思うと、それは徐々に震えを増し、やがて天に届く号泣へとかわっていった。

◆

そうさ朝から晩まで　NIGHT&DAY
いつも　働きっぱなし
まるで犬ころみたいさ　NIGHT&DAY
なのに　文無し　NIGHT&DAY
シャクな　金持ちどもを
みんな　黒く塗りつぶせ

三浦は、記憶のもとをたどった。たどればいつも胸のむかつきに行きつくのだった。

きつい塩気の入り交じった腐臭だ。しかし三浦はその磯風《いそかぜ》を嫌いになれなかった。記憶のなかのふるさとはいつもほろ苦い。目を閉じれば、暗くよどんだオホーツク海がよみがえってくる。

ホタテ加工場の社宅で三浦は少年時代を過ごした。たえずコンベアがうなってい た。風呂場の窓を開けると、あきれるほどの貝殻の山が目に飛びこんでくる。ホタテの残骸《ざんがい》は白みがかり、二階ほどの高さに盛られていた。ブルドーザーが行き交っていた。オレンジとも、黄色ともつかぬハイド板がせわしなく上下していた。トレッドの大きなタイヤが、貝殻を踏み潰す。ハンドルを握るのは父だった。それが小学校に上がる前の、原風景の全てだ。

窓に鉛色の海が見えた。

盛夏でも澄むことのない北海だ。ホタテを掻き集める漁船の群れをちりばめていた。色のぬけた岸壁には、干物になった海星《ひとで》がはりついていた。にょきにょき密生するエゾニュウの林と、夏になればあたり一面咲き誇るハマナスの花。そんな砂丘が遊び場だ。熊笹《くまざさ》をかきわけて藪《やぶ》をこぎ、棒っきれを振り回して歩いた。

瞬《またた》く間に夏が過ぎ去ると、秋もそこそこに流氷がやってくる。

町は閉ざされる。色彩の欠けた二月の海鳴りは、布団のなかでも鳴り止むことがない。今でも帯広《おびひろ》のアパートで床につくと、歯ぎしりじみた音を思い出すことがある。

故郷の原生花園に足を運ぶのは、仕事がらみのときだけだった。

ここにくればあのころに戻ることができる。まだ仲のよかった両親の笑顔が、熱く胸を締めつけてくる。

剝《む》き子の母は紫のゴム手をはき、ぶあつい前掛けをつけていた。ホタテのヒモをことことストーブで炊いてくれた。甘辛い醬油《しょうゆ》煮込みを、炊きたてのどんぶり飯にのせてかっこんだ。

タイル張りの流しは井戸水だ。ガスコンロは、オレンジのゴムホースがつながっている。黒い油脂がねっとりこびりついていた。氷点下の朝、朝げの準備をする白い息を、布団のなかからながめていた。

父はいつも会社支給の作業着姿だった。膝の出た鼠色と、腕の緑十字のマークが記憶に残っている。

ホタテ貝の匂いは故郷そのものなのかもしれない。十五歳までを過ごした、さいはての漁村の象徴だ。二十年前の映像は灰色の海と白い貝殻山、そしてブルーグレーの空。海猫の群れをちりばめた無声映画。それが心の風景だ。

中学まではおとなしい少年だったと思う。サッカーとロールケーキが好きな、ありきたりの中学生だった。

あのころ学生ズボンは標準だったし、詰め襟にカラーもはめていた。剃りこみも入れてなかったし、アイパーもかけていなかった。カバンもちゃんと教科書を入れていた。タンスの下敷きにしてタコ糸で縫いつけるのは、高校にはいってからだ。

高一の春、両親が離婚し名字が変わるまで普通だった。暮らしも、態度も、服装も。ある大人のひとことが、全てのつまずきのはじまりだった。

人畜無害を絵に描いたような現国教師は、体格と顔形から「大福太郎《だいふくたろう》」と呼ばれていた。授業中、生徒が騒いでも注意ひとつ与えずたんたんと板書をこなしていく。月給分ノルマをこなせば、学力が上がろうが下がろうが気にしない。もちろん出世などに欲はなく、夕方にスーパーで特売の総菜を手に取る姿がよく目撃された。

その日は六月の月曜日で、中間テストが終わった翌日ということを覚えている。グラウンドわきのポプラ並木が、白い葉裏をひるがえしていた。葉ずれの音が窓ごしまで聞こえてくるような、気持ちのいい五時限目だった。

大福太郎は出席簿を開くなり首を傾《かし》げた。

「あれぇ、三浦って……おい高橋《たかはし》ぃ、お前名字変えたの？」

ぐっと奥歯をかみしめた。

変えたのではない。変わったのだ。

「なんでなんで。いつから変わったんだよぉ」

あたりが水を打ったように静まりかえる。同級生の、息を殺す気配がひしひし伝わってきた。

顔を伏せ、机の下でこぶしをつくった。

「あーぁ、先生わかったぞ。お前養子縁組したんだろっ」

顔をあげた。にこやかな下膨れが、無邪気にわらっていた。出席簿を手に、シャープペンでこめかみをかいていた。

その笑顔が次の瞬間凍りついた。

二重あごがくいっとひかれ、ひっ、と声が漏れた。

机を蹴飛ばしていた。

かっと顔が赤くなるのが自分でもわかった。

無我夢中で飛びかかっていった。

教壇がふっとばされる音。

宙をとびかうノート、教科書。

大福太郎は、その日前歯を一本失った。

三浦が髪を染めはじめたのは、半年後のことだ。

緊急職員会議の結果、二週間の停学となった。

三浦は社宅の三畳間に寝そべりながら、目を閉じていた。

戸籍と名字が変わった。長年親しんだ名字に別れを告げた。

泣きわめくほどのことでもない。借金はすべて父が背負ってくれた。籍を抜いたその夜、父はひっそり夜汽車で姿を消した。

三浦は母を助けようと思った。その矢先、教師を殴ってしまった。隠し持った自分の激しさに、初めて気づいた。高校を出たら加工場に就職しよう。母を助けて社宅にとどまるにはそれしか術《すべ》はなかった。

自戒の意味をこめて頭を丸めた。

やり直そうと思った。

後ろ指をさされないよう頑張ろうと思った。

停学が明けて学校に戻ると、同級生は以前と変わらぬ態度で接してくれた。それが救いだった。

大福太郎だけは、ひきつった愛想笑いを見せるようになった。くたびれた中年の、いやらしい防衛本能だった。反吐《へど》がでた。徹底的に無視した。

しかしその半年後、母は三浦を捨てた。

同じ加工班の歳下の男と町を出ていった。書き置きのひとつもなかった。三畳間の裸電球の下、三浦はうなだれた。

捨てられた。俺は捨てられた。くそだ、世の中全部くそだ。そう歯嚙みした。

親戚に引き取られ、気を遣いながら空腹に堪えた。遠い血筋だ。はじめは同情のそぶりをみせるが、やがて箸の上げ下ろしまで眉をひそめるようになる。立場を痛感した。荒れだした。なにもかもがおもしろくなかった。

鬢《びん》に剃りこみを入れ、眉を細くととのえた。そのころから、道ですれちがう人から目をそらされるようになった。気に入らない奴は叩きのめした。通学の電車では、かたっぱしから喧嘩を売った。クラスから孤立していった。かたっぱしからガンをつけてはかあればすぐ机をひっくり返した。自分はいらん子だ。親から捨てられた粗大ゴミだ。

夜の校舎に忍び込み、全教室の黒板にマヨネーズで落書きした。

プールのなかに石油をぶちこんでやった。

こんな学校なくなればいい、そう思った。

世の中全部を、敵にまわしてやろうと思った。

憎悪の対象は、辱めをうけたあの現国の授業にさかのぼった。

先生ってのは、先に生きている人でないの？

つらいとき頼れる存在でないの？

なんで皆の前であんなことというのよ？

事情を知らなかった、で済ませられる問題でないっしょや？

肩で風を切りながら心で泣いていた。

誰か自分を殺してくれないか。

そればかりを祈って生きていた。

ある昼休み、大福太郎の車めがけて二階の窓から消火器をふたつ投げつけた。それは皆の見ている前で派手にボンネットにめりこみ、フロントガラスを打ち砕いた。見る見る人だかりができた。あたりは小麦粉をぶちまけたように真っ白だった。

三浦は眉ひとつ動かさず、それを眺めていた。

教室に大福太郎が駈けつけてきた。

顔が真っ青だった。

三浦はゆっくり近づいていき、そのあごを蹴り上げた。

倒れこんだその腹を踏みつけ、教室を後にした。

考えた末の餞別《せんべつ》は、サービスしすぎだ、と思った。

☆

永吉丸が、エンジンブレーキをひびかせた。

徹平のシート下で排気ブレーキがうなる。

二三八号線、オホーツクラインから山へ入った。急カーブが続き、あたりはだいぶ暮れなずんでいた。なだらかな丘は、黄金に輝いていた。宗谷《そうや》岬が見える。さいはての夕暮れは眼下の海をこれでもかと照らしつける。海岸線は燃えていた。静かに揺れていた。島影がぼんやり浮かんでいる。ロールになった牧草が点在する丘に、風力発電機の影が伸びていた。

「どう、宗谷丘陵」

「雄大っすね、すごいです」

「気に入ったかい」

「最高です」

「なぁ徹平」

前方に目を据えたまま、三浦がつぶやいた。

「おふくろさん、心配してるぜ」

「え」

三浦がほがらかに鼻の下をかき、いった。

「わかりやすいよ、お前は。ただいま家出中、って顔に書いてあるぜ」

徹平は口をつぐんだ。

ディーゼルが足下から響いてくる。それは排気ブレーキをまじえながら、ぐんぐん心にしみわたった。

原生花園で、互いの過去をとことん話しあった。ふたりで泣き尽くしたあと、三浦は足下にころがる羽根を拾いあげた。掌より長い、立派な風切り羽根だった。

「オジロワシのだわ」

空に透かしながらいった。

「ワシですか」

「うん。流氷と一緒に、シベリアからここにやってくんの」

自慢するような口調だった。

「知ってるか？　流氷。冬になればここら一帯埋め尽くされんの。はじめは蓮《はす》の葉っぱみたいなヤツが来てさ、だんだんでかいのが押し寄せてくる。鳴くのよ、流氷って。夜、ぎぃぎぃ鳴くんだわ。オジロワシも一緒にシベリアから来るのさ。流氷と一緒にやってきて、流氷と共に消えていく。なまらロマンチックだよな」

羽根は裂け目ひとつなく、つややかな色合いを浮き上がらせている。

「三浦さん。砂山つくりませんか？」

「砂山か、面白そうだな」

ひざまずいて砂山をこしらえた。

徹平が両手で小山をつくると、三浦が中心にオジロワシの羽根をつき刺した。

「お墓みたいすね」

「棒倒しに見えなくもないがな」

波がしずかに打ちよせては消えた。

徹平の脳裏に、灰色の故郷がよみがえっていた。

とりたてて面白くもない高校。

あふれる人ごみに身をゆだね、地下鉄の通風口のにおいを嗅ぎ、すし詰めの列車に揺られながら通学する日々だった。

行き詰まった毎日をハンマーで壊したかった。逃げ出したかった。はれものにさわるようなお袋の態度と、すっかり変わってしまった親父《おやじ》。投げ出してしまいたかった。すべてに、火をつけて燃やしてしまいたかった。

古めかしい借家で肩をよせ、特売の肉で鍋をつつきあっていたあのころに戻りたい。どんなにあがいても取り戻せないことはわかっている。

「どら、永ちゃん聴くべや」

「はい」

徹平はカーオーディオのスイッチを押した。バラードが流れてきた。

切ないような懐かしいような、こみあげるメロディーだ。指でステアリングにリズムを刻む三浦の横顔が、どことなく神妙だ。

ヤザワが静かに歌いだす。徹平の胸に、あの日の光景がよみがえってきた。家族で食卓を囲み、家中に笑いが絶えなかった日々。ツナギ姿の親父。茶碗に大盛りのご飯をよそうお袋。セピアフィルムの色彩が、ぼんやり光を放ちながら回りはじめる。

いつからそれが途絶えたのか。

いつから家族の糸が断たれたのか。

崩落は太郎を失ったころから始まった。

「いい曲ですね、これ」

「ひ・ろ・し・ま、って曲だ」

切り立った丘と海が足下にある。すき間から、ちらちら町が見え隠れする。それは澄んだ潮風になぶられながら、わずかにかすんで見えた。

初めて目にする風景がなぜか懐かしい。ヤザワのビブラートが切なさに拍車をかける。

「この曲ぁ、心の叫びだわ」

「心の叫びですか」

「うん。永ちゃん、ガキのころ広島でおばあちゃんに育てられたのさ。さんざん親戚中に冷たくされて苦労したのよ。そのとき思ったんだって。ツアーで広島にくるたび、飛行機からションベンかけてやろうか、って」

「はい」

「でもふっきれたんだな。この曲でさ。過去にきっちりケジメをつけたんだ。聴いててわかるだろう?」

なるほど、静かだが決意のこもった歌声だ。過去とか、裏切りといった歌詞だ。ロックスターは三浦と同じように陽の当たらぬ少年時代を過ごした。億万長者となり、日本を代表するシンガーとなりえた彼は、この曲で過去に決別したのだろうか。

「許しちまいなよ、いっそのこと」

「許す？」

「あぁ。なにもかも許しちまうんだ。一切がっさいの過去を全てね。そうすれば、そうすれば楽にはなるぜ」

「許したんですか？　三浦さんは」

「あぁ」

遠い目をした。

「そうしたよ。気の遠くなるくらい時間をかけてな」

未来というレールを振り返れば、過去というレールにつながるはずだ。そのレールは、思い出したくもない、深い傷痕なのかもしれない。人は誰でも、タイムマシンに乗って、やりなおしたい過去を抱えている。

全てを許す。それがはたして今の自分にできるだろうか。

「親父さんも自分を見失っちまってるだけなんだ。戸車を外したまま、引き戸を開けしめしてんのに気づかないのさ。まして」

そこまでいって三浦が声をふりしぼった。

「自分の子供を可愛《かわい》くない親なんて、この世にいやしないよ。それは断言できる」

目の前のプリクラに目をむけ、おおきくカーブを切った。

ふくらみを抑えながら永吉丸が直角を描く。直線走行に戻った矢先、目の前がぱっとひらけた。

海が飛びこんできたのだった。

突然開けた一面の水面は、スパンコールをまたたかせ、夕陽を十字にきらめかせた。

サビに入ったヤザワが、声をふりしぼって歌詞をつなぐ。

徹平の胸に、かたくなに閉ざしていた想いがよみがえっていた。

父さんの真っ黒になったツナギ服。それをつけ置き洗いしていた母さんの姿――。

フロントガラスも陽に燃えている。目を細めると、光の残像が針のように伸びあがった。

「ほら、あれが礼文島《れぶんとう》さ」

ぽつりと三浦がいった。

島影は、うっすらぼやけながらも潮風に身をまかせていた。徹平は食いいるようにそこに目を釘《くぎ》づけにした。

稚内支所で荷下ろしを終えたのは、最終便の十分前だった。三浦は急いでフェリー乗り場に連れて行ってくれた。なんとしても島へ渡りたい、といった徹平の願いを叶えてくれたのだった。

ふきっさらしの風がぶち当たってきた。タラップを登ると、岸壁で三浦が手を振っていた。思いきり振りかえした。

〈指つめ注意〉のステッカーにまで飛沫《しぶき》はふきつける。コンクリデッキ、厚塗りペンキの上は霧ふきをふいたようだ。

「三浦さーん」

徹平は手すりに身を乗り出して叫んだ。

銅鑼《どら》が流れ出す。フェリーは押し殺したようにエンジン音を響かせる。船はバックと直進で湾内をきりかえした。やがて船首を島影に合わせると、ゆっくり前進した。最後の銅鑼が、いさましく夕映えに響く。色とりどりの紙テープを引きちぎり、最終便の出発だ。

豆粒のような三浦がまだ手を振っていた。やがてその姿も見えなくなり、港をしたがえた稚内の町が逆光のノシャップ岬にのみこまれていった。

徹平は恩人の方向に頭《こうべ》を垂れた。自分のつまさきを見つめながら、しばらくその姿勢を保った。

多分二度と会うこともないだろう。しかしリーゼントから立ち上るポマードの香りは生涯忘れない。絶対に。

あごをひきながら、Gジャンのポケットをまさぐった。ひからびたパンの耳のような感触が指先にふれた。

取りだしたのは革の首輪だった。へりが丸まり裏がてらてら黒光りしている。脂を吸い、なめされたようになっている。

かろうじて赤色をとどめている面に、ひび割れが刻まれている。振ってみると、かちゃかちゃ金具が鳴り、メッキの粉がはがれ落ちた。

忘れ形見に爪をたてた。

ぎゅっと丸めこんで、掌のなかに握りこんだ。

前方で海が口を開ける。

琥珀色の波の谷間がうねる。

視線をさだめ、ピッチングフォームをかまえた。

息をとめてふりかぶる。
腕をむちのようにしならせた。
スナップをきかせると、耳元で風がうなった。
気流をとらえて高く舞い上がった相棒の首輪が、一瞬うろこ雲と重なって静止し、
ちぎれ飛んだ短冊のように海に吸いこまれていく。
大切な形見は、光の切れ間に呑まれて消えた。

第二章　青い島

島についた徹平はしばらく歩き、ちいさな入り江を見つけた。

三段ほどうねった丘は、色の薄いヒルガオを抱えこんでいた。葉が潮風になぶられ、蝶《ちょう》の群れみたいにうごめく。バッシューをぬいでテントを張ると砂粒が熱かった。てばやく張りおえた。

海は無数の光の十字架をはりつかせていた。角度によって伸び縮む。照り返しが海面にとろみをきかせ、潮風が胸に染みこんできた。

口笛はあっという間に風にながされる。

海パンにはきかえ、飛びこんだ。水中眼鏡をつけ、潜った。

海藻のきれはしが流れにあわせてたゆたっている。強い光線が、網目模様の間隔を伸び縮みさせる。

寝牛の置物に似た岩場がある。尻《しり》えくぼに似たへこみで、稚魚がヒラを打ちながら藻をついばむ。よく見ると栄螺《さざえ》がへばりついていた。徹平は夢中でひき剝《は》がした。

十個の栄螺を前に焚《た》き火ができあがったころ、陽《ひ》は暮れていた。焔《ほのお》はぱきぱき枝を股裂《またさ》く。乾ききった流木が焼け、潮が匂《にお》う。吊《つる》した海パンはすっかり乾いていた。海パンを脱ぐとき、誰《だれ》もいるはずがないのにあたりを気にして股間《こかん》を隠したことを思い出して苦笑した。

飯盒《はんごう》がかたかた糊《のり》を吹く。貝が身をのけぞらせて悶《もだ》える。醤油《しょうゆ》をたらした。じゅ、と音が飛んだ。

焚き火のまわりだけ色がある。濃淡が伸び縮む。徹平は膝小僧《ひざこぞう》をかかえ焔を楽しんだ。

オリーブ色の飯盒がカスタネットのようにぶれる。波の咳払《せきばら》いが聞こえる。テントのまわりだけが世界の全《すべ》てかもしれない。自分だけが唯一の人間で、誰も存在しない。火は盛り、あぐらの上で腰を伸ばす。人食い人種のまつりを連想していると、背後で海鳴りがした。

軍手で栄螺のふたをこじあけ、汁を啜《すす》った。旨味《うまみ》が口に広がっていく。

木の細い枝で身をほじり、嚙《か》みちぎった。飯。むせそうになりながら交互にほおばった。米つぶは立ち上がっていて甘い。肥えていた。厚みが舌にのった。夢中になった。

焼けた貝殻は粉をふき、フジツボが焦げていた。汁まみれの指でフォークをにぎり飯盒をかかえこむ。上あごの皮が剝《む》けた。舌でせせった。心がはずみをつけていた。

あてずっぽうの一日、焚き火のありがたみが全身にあふれてきた。

この入り江が、気に入っていた。

奥歯にはさまった貝柱を、一本引き抜いた。徹平はその晩テントで波音を聞きながら眠りについた。テントのジッパーをわずかに上げて天を仰ぐと、星空に埋もれそうだった。

次の朝も潜った。

栄螺はいくらでも獲《と》れる。

殻はいびつに尖《とが》っていたが、よい形をしていた。黒地に濃緑をまぶしあげていた。陽にかざすと控えめに輝く。これほど大きな貝を徹平は初めて見た。

「おい」

びっくりして後ろをふりかえった。長髪を束ねた、若い男が背後で腕を組んでいた。

「何個獲った」

徹平は水中のコンビニ袋を、そっと後ろ手に隠した。男はそれを見逃さなかった。

「てめぇ漁協の許可、とってんの」

「えっ」

「え、じゃねえよ、お前。泥棒じゃん、どろぼう」

笑顔はない。地元の漁師かもしれない。不精髭《ぶしょうひげ》。唇にピアスが貫通していた。二の腕がおそろしく太く、胸板の厚さが半端でない。男は用心棒を思わせた。

「とにかく上がれよ」

手首をつかまれた。有無をいわさぬ頑《かたく》なさが、握力にこめられていた。手錠のようにしめつけてきた。

どんどん気持ちが萎《な》えていく。

海からあがると、男があごをしゃくった。

「こいよ」

砂浜に古びたバイクが停《と》まっていた。後部座席にテントとシュラフがくくられている。天をつくハンドル。涙形タンクに、フィンの刻まれたエンジン。革のサドルバッグがリアシートの左右に振り分けられていた。

男が流木にかけたTシャツを着込む。

一本結いのロン毛と、大型バイクを交互に見較《みくら》べた。

「朝早く獲んないと」

「朝？　早く？」

「獲ってすぐとんずらしなきゃ。漁協に見つかったらやばいだろ」

意味がわからず押し黙っていると、男が首をひきよせた。

「とりあえず荷造りしろよ。そろそろ巡視船がやってくるぜ」

男はダブルの革ジャンに袖《そで》を通し、エンジンをかけた。

暴発したかのような音がとどろいた。三拍子の排気音が、不定期的な息継ぎに聞こえた。ごつい振動が車体をふるわせた。ミラーのなかの自分が、目を大きくして振動していた。

「なに驚いてんの」

「すごい迫力ですね。三拍子のエンジン音だ」

「この振動がたまらんのよ、ぼくは」

男はプロレスラーみたいだ。ハワイあたりでスカウトされた、日系レスラーを思い浮かべた。浅黒い肌も、一本に結ったロン毛も、日焼けした革ジャンも。趣味は多分筋トレといったところか。黒目がちの一重《ひとえ》まぶただった。

「お名前、お聞きしていいですか」

「マッシュでいいよ」

「マッシュさん、俺、徹平です」

「お前、背が高いな。百八十くらいか」

「そこまではありません」

リアフェンダー上に、溶接痕《ようせつこん》のあるキャリアがセットされている。鉄アングルで自作したのだろうか。テントとシュラフがゴムネットをかぶされていた。マッシュと名乗った男が乗車していい放った。

「乗りたまえ、徹平氏」

「いいんですか」

「特別に許す」

おずおず跨《また》がると、カタン、とマッシュがスタンドを跳ね上げた。ゆっくりクラッチをつなぐと、一気にエンジンが吠《ほ》えた。

徹平はマッシュの腰にしがみついていた。メット同士が軽くぶつかった。躯《からだ》が後ろに引っ張られていく。今まで味わったことのない推進力だ。尻の下で暴発する、剝き出しのエンジンが雄叫《おたけ》びをあげる。しがみついた革ジャンの背中はすっかりひび割れ、馬鹿になった袖口のチャックが速度を増すたびバタバタはためいた。

アクセルをどんどん開けていくと景色が横流れしだした。クラッチをきって左足でシフトチェンジするたび、愛馬はうれしげにいないないた。

徹平はとてつもない解放を感じていた。ヘルメットの内スポンジには、香水の匂いが染みこんでいた。

真《ま》っ直《す》ぐな道路が次第にカーブを描きはじめる。道が狭くなり、岩山が幅よせするように迫ってきた。

陽射しがけだるく岩に射しこんでくる。

マッシュが右に進路をとった。坂がつづら折りに切りこまれ、バイクはへばりついて坂を登る。徹平は重心に逆らう自分を意識する。エンジンがぐいぐい重心を引っ張っていく。心底頼もしい。

蛇行したヘアピンをやりすごすと、真っ白な建物が見えてきた。

マッシュは、スタンドを立ててキィを抜き、ベルトのカラビナにはめた。あごをしゃくっていった。

「眺め、最高よ」

鉄階段はえらく急で、所どころ赤茶のペンキが剝げている。「あしもと注意」の看板がそこらじゅうに立っている。入り組んだ岩場はたいそう角ばっていた。

胡桃《くるみ》色のエンジニアブーツは、底が減っていた。刻まれたまま戻らない皺《しわ》を甲に残し、それなりのオイルをしみこませていた。階段を昇るたび、ウォレットチェーンが鳴った。使い込まれた代物《しろもの》だ。分厚い黒革の札入れにはコブラのカービングが彫り込まれていた。マッシュは、歩きながら歩道の蕗《ふき》を数枚むしり取った。

階段が途切れると、眼下一面の海がとびこんできた。

「すげえや」

「うん」

マッシュは目を細めた。

「最高だろ、毎年立ち寄るんだ」

「毎年、ですか」

「あぁ」

「いいですね」

「いいだろ」

マッシュはぶら下げたコンビニ袋から栄螺を取り出し、ナイフをこじ入れた。刃をひねりながら身を取り出していく。薄く削《そ》いでは蕗の葉に盛りつけていく。陽にさらした剝き身は見事に艶《つや》めいた。磨いたばかりの骨ボタンと似ている。

「食えよ」

醬油をたらしながらマッシュがいう。

口にほうりこんだ。かみしめると磯の味がした。歯ごたえが心地よく、風味がひろがった。

時間をかけ飲みくだした。

「美味《うま》いだろ」

徹平は、はい、といった。

「ポンギの寿司《すし》屋で食ったら、いい値段だ」

マッシュが貝殻を遠投すると小さく岩場に吸いこまれていった。遠くでカツーン、と音が割れた。六本木《ろっぽんぎ》のことか、とそのとき思いいたった。

「密漁、楽しいすか」

「金を拾ってるようなもんだ」

「金を」

「そう。宝探し」

「どれくらい稼いだんすか」

にやりと笑った。

「まぁ食えよ、さ」

そういうや否や、内ポケットからスキットルを取り出し、ぐびりと口をつけた。蒸留酒の香りがふんわり匂った。

その夜はとても肌寒かった。

八月といえば関東では夜もクーラーをつけているが、道内のコンビニはおでんを売っている。焚き火がこれほど恋しいのは当然なのだ。小枝をくべるマッシュを眺めつつ、手をかざした。

スキットルのバーボンを、舐《な》めるように楽しんでいる。栄螺の刺身を肴《さかな》に、海を見ながらの宴会だ。焚き火をしようぜ。そのひとことでまた海岸に戻り、テントを張った。手際よく流木を組み上げ、ジッポを磨《す》った。二張りのテントはすこし離してある。顔だけが熱い。

「彼女いんのかよ、徹平」

「いないす」

「可哀想《かわいそう》に」

「マッシュさんはいるんですか」

「おう。パツキンのチャンネーがな。ブクロのデリに勤めてる」

「ブクロのデリ？」

「そ。トウシロ専門店」

「トウシロ？」

「いいコだよ。ツーケのナーアも最高だ」

「えっ？」

「ツェーマンゲーセンで楽しめる。オプションは別料金だけど俺は全額免除だ」

「えっ？」

「いや、こっちの話。あんたもウブねぇ」

マッシュは心底楽しそうな貌《かお》をしてげらげら笑った。

摩周《ましゆう》という名字は、あまり電話帳でも見かけない。それが彼の自慢だった。十年前、二十歳《はたち》でバイクに目覚め、毎年この時期に北海道に旅立つという。自由な暮らしぶりが身にしみついても嫌味に見えないのは、ひとえに人徳のせいだろうか。

「いいですね、マッシュさんみたいな暮らし」

「いいもんかよ」

マッシュは自嘲《じちょう》ぎみに笑った。

「一時は景気がよかったけどさァ、ここんとこ待機ばっかが増えて金になりゃしねえよ。送迎ドライバーで生計を立てるなんて、いつまでも続かねぇよ」

スキットルをらっぱ飲みした。ジーパンのポケットからスマホを取り出し、メールをチェックしはじめた。なめし革のケースには薔薇《ばら》模様のカービングがほどこされている。

「焼けたか」

「えぇ」

いい匂いが漂っている。アブラコを四匹、さきほど投げ釣りで釣り上げた。腹を裂き、串《くし》刺《ざ》しにして炙《あぶ》りあげた。鰭《ひれ》に化粧塩をふらないのは、塩焼きではないからだ。素焼きをフライパンに入れて、山ほどの刻みネギを乗せる。

「では本日のメインイベント」

鍋に湯を注ぎ入れる。マッシュは枝で焔をかきまわし、こぶしほどの焼き石を投入した。

即座にごぼごぼ音があがる。湯気がすごい。釜茹《かまゆ》で状態だ。味噌《みそ》を溶かしこんでいく。コッヘルにとりわけてもらった。

ふうふう啜り、箸《はし》がとまった。マッシュはどうだ、といわんばかりの顔つきだ。

徹平は参りました、と目で答えた。

「地獄汁。北の味、ってやつさ」

それだけいうと、マッシュもがつがつかっこんだ。

魚は身離れがよく、骨のダシが濃かった。頭をほぐしてむしゃぶりつく。スーパーの切り身では決して味わえない醍醐味《だいごみ》だ。

徹平は夢中で腹に収めた。こんなに食ったのは久しぶりだ。

マッシュは腰にぶら下げた革ポーチから煙管《きせる》を取り出した。ちいさなジップロックを焰にかざした。

「お前も一服するか」

「あ、はい」

ピンセットで慎重に刻み煙草《たばこ》をつまみ、雁首《がんくび》に詰めていく。ジッポで火をつけ、慎重に吸い込んでいった。マッシュの作法は変わっていた。そんなに長く吸い込めないだろう、と思えるほど吸い続けた。

その後しばらく息を止め、じっと目を瞑《つむ》っていた。あぐらをかいて両手の甲を膝頭に載せた姿は、瞑想《めいそう》にふける行者のようだ。

ゆっくり吐き出していく。果たして煙の白はほとんど消え失《う》せていた。じっくり吸収されたのだと思った。煙管の喫煙は初めて見た。なんとも趣味人らしい吸い方に、こだわりが感じられた。雁首を流木に叩《たた》きつけ、新しい煙草を詰め、火をつけて手渡された。

「いいか、すぐ吐くな。思いっきり肺まで吸い込め」

「わかりました」

初めてだと思われたくなかった。ガキ扱いされたくなかった。

吸い込んだ。枯れ草を焼いたような煙がなだれ込んだが、肺まで送った。見る見る火皿が赤くなる。怖《お》じ気《け》づくのは厭《いや》だった。ひとり旅の身の上は、いつになく勇気を膨らませた。

マッシュは両足を投げ出し、すっかりくつろいでいる。美味い魚、美味い煙草。男のたしなみとはこういうものなのか。横目でその姿を窺《うかが》いながら精一杯耐え、ゆっくり息を吐き出した。

「おう、合格。美味かったか」

「ええ」

美味いも糞《くそ》もない。ただ煙たいだけだ。

もう一度マッシュが煙管に煙草を詰めこむ。着火すると、再び吸い込んだ。新しく葉を替えて、差し出してきた。

「もう一服やれよ。追い炊きだ」

「はい」

思いきり吸い込み、息の限界まで耐えた。終わるとマッシュが肩を叩いてきた。

「まぁ、今日は、なんだその、最高だったな」

「最高っすね、マッシュさん」

ほおーっ、と奇声をあげてマッシュが大の字になる。徹平もそれにならった。空はどこまでも澄みわたり、星々がぎっしり食い込んでいる。その輝きは目に痛いほどだった。

「さいこうらろ、なあ」

マッシュはとろんとした口調でくすくす笑い出した。ベルトをゆるめ、すっかりリラックスモードだ。

そのとき信じられないことがおきた。目の前の星が、ぐるぐる回転していった。徹平は、えっ、えっ、と目をぱちぱちさせた。星たちは次第に膨らみを帯びたかと思うと、ついで収縮を始めた。ゆっくり万華鏡を回すように、予想外の景色がひろがっていく。次第に色が赤になったり黄色になったりした。躯の芯《しん》が、じんわり冷やされて、頭の中心が縮んだり伸びたりした。

「まっしゅさん、らんかおかひぃれす」

すがるように横を見遣《みや》ると、へらへら笑いながら手を叩いていた。

「ばっちり決まってるらねえか、てっぺー。ガンぎまり」

果たして星は、蛍光色の黄緑に輝き始め、とうとう水玉模様となって空を覆い尽くした。それらは急に絞り込まれ、中心を軸に力強く窄《すぼ》まっていく。ちりめん加工した絹布《けんぷ》のように締められていく。徹平は頭のなかでひたすら爆《は》ぜ躍る原色に、無防備に身をまかせた。


翌朝は晴れていた。

「抜けたか、煙」

「ええ。なんとか」

「ま、こういう世界もあるってことさ。おっと、そっちのペグ抜いてくれ」

「はい」

マッシュはテントを畳みながら、ご機嫌だった。味噌一袋とペットボトルに入れた米。それだけを持って北をめざすバイカーは、ワイルドという例えがぴったりだった。

徹平は、マッシュに自分と同じ匂いをかぎとった。彼はキャンプ場を避けて通るのではないか。人しれぬ空き地や砂浜にテントを張り、ひとりきりのテントで読書でもするのではないか。

マッシュがバイクの荷台に荷物をくりつけ、パッキングを開始した。そのときダッフルバッグのポケットから文庫本が落ちてきた。

「『路上《ろじょう》』ですか」

「ケルアック、知ってんのかよ」

中学時代、図書室で手に取った一冊だった。

「本、好きなんですか」

「人嫌いだからな」

そのひとことがマッシュとの距離をぐんと縮めた。中学にはいった徹平は、教室に入れなくなっていた。集団でなにかすることに、いや、教室という空間に居ることに耐えられなくなっていた。保健室登校で三年間を過ごした。ひとり本を読んで一日が終わる。それを苦痛と感じたことはない。教室でクラスメイトと同じ空気を吸うことは考えられなかった。保健室のカーテンで仕切られた一角が、徹平の宇宙の全てだった。そこには教師だとて侵入させたくなかった。

授業中の図書室も好きだった。誰も侵入しないカプセルのなかで、ひなたくさい本の匂いに包まれている時間だけが落ち着けた。窓からセキレイのつがいを観察したり、校庭の紅葉を眺めたりしているひとときだけが、やすらぎだった。

自分は学校以外の場所で才能を発揮するんだ。そう考えていた。テストはいつも白紙で提出した。なんの為《ため》に勉強するのかわからなかった。担任はいう。立派な人になるため、と。俺、立派にならなくてもいいです。人間の屑《くず》でいいです。心のなかでそうつぶやいたのは本心だった。

ふるさとは中途半端な田舎《いなか》だった。物心ついたころから国道の排気ガスを吸って育った。黒ずんだ空き地のセイタカアワダチソウ、密集した住宅地のなかのショッピングモール。スナックコーナーで油っぽい焼きそばと無果汁のジュースを楽しむ家族連れ。くわえ煙草のミニスカートと、風俗店の捨て看板。都会にも田舎にもなりきれぬ、郊外ベッドタウンが故郷の全てだった。月見草は排気ガスで黒ずみ、児童公園の遊具はどれも錆《さ》びついていた。

高校にはやっと入った。学校が手をつくしてくれたおかげで、なんとか私立にも

ぐりこめた。それでも教室には足がむかなかった。父は家をあけるようになってい
た。週の半分は早退し、歩道橋のうえからテールランプを見つめて過ごした。毎日
は充実していなかったが、つらくもなかった。人生なんてそんなものという確信が
あった。

そんな徹平が変わったのは、ある日目にした一本の映画だった。

どうしようもなく暗いフランス映画だ。幼子をかかえるシングルマザーの悲劇だ
った。女手ひとつで息子を育てる主人公は、ある日失明の病に冒されていることに
気づく。せめて息子が独り立ちするまではと、懸命に日銭を貯《た》めていくが、信頼し
ていた警官に金を奪われそうになる。もみあううち、警官を死亡させてしまった主
人公は、真相がうやむやなまま絞首刑になる。救いようのないラストだった。

映画館を出たとき、まずいと思った。望む望まぬにかかわらず天は落とし穴を用
意するのだ。雑踏になぶられながら、脱出、とつぶやきつづけた。俺はごめんだ。
自分の足で逃れてやる。そう決意して家をでたのはその二カ月後のことだ。

復讐《ふくしゆう》するために家をでる。もしかすると仲たがいしている両親はそれで目覚め
てくれるかもしれない。一人息子の失踪《しつそう》に自らの非を悔い改めるかもしれない。こ
の旅立ちが、家族をつなぐカスガイになることを願った。全てをかけた。

世の中を恨み、天に唾《つば》を吐きかけながら逃げるように家を飛び出した。振り返らない。二度と戻るつもりはなかった。心のコップは満水で、全てがもう限界だった。その最後の一滴は、父の暴力だった。母に手をあげた父を見たのは初めてだった。そんな光景は二度と拝みたくなかった。こんな家、こちらから捨ててやる。その決心は北海道への逃避行を力強く後押しした。

旅こそが自分を解き放ってくれる装置に思えたのだ。生まれて初めて夜行列車に乗った。北を目指した、片道切符の旅だ。眠っていたなにかが遅い始動を開始した。希望が満ちあふれてきた。

マッシュのバイクに乗せてもらったとき、心が震えた。風を感じたのは生まれて初めてかもしれない。マンモス学校に通い、砂利道を知らずに大きくなった。地平線を見るのは初めてだった。どんどんスピードをあげていくモンスターマシン。軀に電流が駈《か》け抜け、魂が震えた。その一撃は生涯忘れまい。馬の鞍《くら》を思わせるシートの振動。豪快なハンドリングにあわせての体重移動。とりこになってしまったかもしれない。武骨な乗り味こそがその魅力の全てなのだろう。

年に一度のツーリングを心待ちにする、マッシュの気持ちがわかった。風俗店の送迎ドライバーをしながら愛車を維持する苦悩を聞かされた。食パンと水だけの朝飯も辛《つら》くないのだという。

「毎年一週間の旅さ。この時間の為だけに俺は生きている」

おだやかな声だった。

「苫小牧《とまこまい》で下船してさ、広い四車線をぶっとばすのは気持ちがいいんだ」

「でしょうね」

「でも行き先は自然とこの島になるんだよな」

二ケツしてまわった海沿いの路面は、すぐそばが海だ。岩棚の下をかいくぐり、壁にこするようにスロットルを開けていった。島の大半がこんな道だ。対向車も信号もない。コンビニもパチンコ屋もない。あるのは海と岩と、空。それだけだ。

マッシュはおだやかに笑った。自由への切符と引き替えに、毎日ドライバーの仕事に追われているのだろう。スーツやネクタイとは無縁の暮らし、一瞬の夏に歓《よろこ》びを凝縮させた生き方は格好よかった。自分もそんな生き方がしたい。大人の男をマッシュに感じ、あこがれのような感情が芽生えはじめたことに気づく。徹平はマッシュの横顔をそっと見遣った。

「マッシュさん」

徹平はいった。

「しばらく一緒に旅させてもらえませんか」

マッシュが視線を止めた。

「いいけど、仕事を手伝ってもらわなきゃならねえぜ」

「やりますよ、俺」

「お前、泳げるか」

意味がわからず言葉につまったが、うなずいた。

「泳げますけど」

「よし、合格。明日から開始な、今日はゆっくり休め」

マッシュはニヤリと笑い、ダッフルバッグをキャリアにくくりつけた。

星も見えない。月はなく、垂れこめた雲だけが海原を覆いつくしている。うねりはない。排気音と船外機のうなりだけがひびいている。マッシュはひかえ気味にスロットルを開けていった。ボートの船底にはスノコが敷かれてあった。水面を掻《か》き分ける感触がはっきり伝わってきた。徹平は船縁《ふなべり》に指をかけながら、真っ暗な沖に飲み込まれていく、エンジンの音に耳を傾けていた。マッシュが煙草をふかすたび、頬《ほお》が赤く照らされて、まばらな不精髭が浮かびあがった。ボートに乗るのは初めてだった。波を乗りこえるたびに船体がバウンドする。水の塊は、ドスンと響いては闇《やみ》に飛沫《しぶき》を撒き散らした。

「闇夜に限るんだ」

マッシュがレバーを操り、いい放つ。

「奴《やつ》ら、そういう習性なんだ」

小型エンジンの、遠慮がちな息遣いだ。満月ならさざなみが見えただろう。十分ほど走ってエンジンを切った。錨《いかり》を投げると、一瞬だけ音がこもった。

ウエットスーツは、軀をしめつけるように感じられた。ゴムとスポンジの中間みたいな素材だ。

徹平はボンベを背負いホースをくわえた。ゴーグルを装着し、マッシュにつづいて海に飛びこんだ。昼間練習したとおりの手順である。腰に巻いた鉛のウェイトのせいで、すうっと沈んでいく。水中ライトだけが頼みの綱だ。真っ暗な海中で、息だけがひびきわたる。ゴボ、コーホー。ゴボゴボ、コーホー。かなり遠くまで光の剣がうごめいた。

徹平は夜の部屋を思い出していた。寝つけずに寝返りを打つ。窓にヘッドライトが映り込む。次第にエンジン音が近づき、ハイビームの名残りがガラスごしにとびこんでくる。今、海底はひとりぼっちの寝室そっくりだった。

砂まじりの岩場に着地した。海藻がまばらに手をひろげている。足下を照らしつけた。ゆっくりと歩んでいく。目が慣れてきたとはいえ、光の届く範囲が視界の全てだ。岩はなだらかで、砂地がひろがっていた。注意をはらう。すこし歩くと、異様なものが目にとまった。寸づまりのフランクフルトに似ている。それはぶよぶよと膨らみ、ふてくされて転がっていた。手摑《てづか》みする。指がめりこむ。教えられたとおり、腰にくくったネットにしまいこんだ。漁の手順はそれで全てだった。宝探しだ。マッシュの笑いを思い出した。生まれて初めてさわった海鼠《なまこ》だ。とうてい食い物に思えない。三つのタマネギネットにつめこめばノルマは達成だ。不思議なものでひとつ見つかると、次々に見つかった。

海底散歩しながら、腰をかがめて軟体動物を拾う。軍手ごしに感じる柔らかさは、不思議な手触りだった。

カンカン、と背中で振動がひびいた。マッシュがダイバーズナイフの柄でボンベを叩いていた。上がれのハンドサインだ。徹平は足ヒレをばたつかせ、浮上した。

舟底にネットをぶちまけた。湿った音がひびき、大量の獲物がひしめいた。

「獲れましたね」

「逃げるぞ」

慌ただしくエンジンを回す。ボートは全速力で入り江をめざした。

到着すると、マッシュはスマホを取り出して誰かに連絡を入れた。しばらくすると、ワゴン車がやってきた。マッシュはコンテナ一杯の海鼠と引き替えに、封筒を受け取った。その取り引きは、ほのぐらい懐中電灯のもと、秘めごとのように臭った。相手はすごく乱暴な口調で、なにかを告げた。マッシュに耳打ちして、肩を叩いていた。

破れたマフラーから爆音を漏らしてワゴン車が行ってしまうと、封筒から一枚手渡された。

「日当」

濡《ぬ》れた一万円札が、ぺったり掌《てのひら》にへばりついてきた。

翌日も、その翌日も出漁は夜の十二時だった。

正味一時間の作業だ。やろうと思えばその倍も余裕で稼げるのだが、その時間で切り上げるのだ。入り江にはいつもワゴン車がやってきた。パンチパーマは、荒っぽい言葉でマッシュに指図する。あきらかな上下関係が窺えた。値踏みするような視線を徹平に送ってきたが、やけに鋭い目つきだった。

徹平は心にもやもやを抱えはじめていた。正直、苛立《いらだ》ちを覚えている。マッシュの態度が、鼻につくようになっていた。きっかけは、一本の煙草だった。ゴミを捨てるなとはいわない。しかしなんの迷いもなく、マッシュは海に吸い殻をはじきとばす。毎回だ。ワゴン車を運転する男の目つきといい、厭な空気が流れはじめていた。徹平は、その日の漁の後、ゆっくり切り出した。

「密漁、いつまでするんですか」

「もうすこしだ」

マッシュはボンベをかたづけながら答えた。

「一週間くらいですか」

「雪が降るまでだ」

「雪！」

ちいさく叫んだ。疲れ果てていた。一日一時間の漁とはいえ休みはない。真夜中の海を散策するのは最初は楽しかった。しかし海鼠は意外に重いのだ。ネット三つを腰にさげ、ボンベを背負って海底をはいずるのはきつかった。

「俺、そろそろ帰ります」

「帰るって」

「家にですよ」

とっさに答えた。正直なところ家に戻りたいわけではなかったが、これ以上密漁の片棒をかつぐのはご免だった。最初にもらった一万円のほか、日当が支払われたこともなかった。

「マッシュさん」

徹平がのぞきこんだとき、こぶしがおそってきた。頬にめりこんで、おおきくふきとんだ。あおむけになった。夜空の星が揺れていた。腹をふみつけられた。ぐむう、と低くうなった。

「なにいってんの徹平ちゃん」

猫撫《ねこな》で声が耳元でささやく。

「許さないよ、勝手なことはさー」

すごくやさしい声だ。

「駄目駄目駄目。兄貴にも活《い》きのいい若い衆が見つかった、って報告してんだからあ」

島にかかげてあった看板の、密漁密輸入密入国はやめましょうの文字が、ありありとよみがえってきた。

「黒海鼠はとくに高く売れるんだ」

徹平は襟首《えりくび》をひきあげられた。

「もう一回沖へいくよ」

うつむいていると、髪をつかまれた。マッシュは唇のピアスをゆっくり舐《な》めあげた。

「罰としてもうひとネット獲ってくるんだ。わかったね」

やさしい口調だったが、目は笑っていなかった。

鉛を仕込んだように肩が重い。徹平はぶるぶる震えながら膝をかかえていた。かなりの額を稼いだはずだ。裏ルートで取り引きされる海鼠はスクラップ同然のハイエースにつまれてどこかへ運ばれてゆく。後戻りできないところにきていた。監視パトロールをさけて海鼠を盗む。ただそれだけが無限に続くように思えた。いつか天罰がくだるんじゃないか。

「大事なシノギは手放せねえ」

シノギ、という言葉に力をこめ、マッシュは薄笑いした。目つきのするどさにぞっとした。

このままでは骨までしゃぶられる。見知らぬ北の海で飼い殺しにされる。どんどん心が重くなっていった。

今までマッシュを信じていた。多少悪ぶったところもあるが、面倒見の良い先輩だと頼っていた。それは幻だと思い知った。あんたは俺を仲間と見ていたんじゃなかったのかよ、ちくしょう。そんな恨み言が徹平の喉元《のどもと》まで出かかっていた。

コーホー、ゴボゴボ。コーホー、ゴボゴボ。水中の呼吸の音が頭をよぎる。二度と海底からはい上がれないのではないか。

厭だ！　厭だ！　助けてくれ、誰か！

さっき殴られた頬が痛む。ぐらついた奥歯に舌先をあてがった。頬の粘膜も裂けている。

徹平はうなだれたまま、マッシュを盗み見る。すきを見て殴りかかろうか。舟底に転がる、ボンベにそっと手を伸ばした。

そのときだった。青い閃光《せんこう》が背後で爆ぜた。火事のような光が眼《め》を灼《や》いた。野太いエンジン音がとどろき、サイレンが鳴り渡った。途方もない飛沫を蹴散《けち》らし、水柱をあげた高速船がとびこんできた。

波をとばした疾走だ。夜空がいっぺんで目覚めた。

赤色灯がわんわん回転している。マッシュがボートを旋回させる。ばりばり板を割るような音が闇をかき乱した。口汚いマッシュの罵声《ばせい》があがる。落ち着きを失った舳先《へさき》が行き場を失いながらも、おもかじを切った。

サーチライトがいくつも射しこむ。波がぶちあたり舟底を突きあげた。

「くそ！」

マッシュが全身の力でレバーをふかしあげる。徹平は思いきり吹き飛ばされた。したたか船底に額を打ちつけた。

高速船の煙突から煙がいさましく巻き上がる。はげしい衝撃に、がくんと引き倒された。海に投げ出された徹平が見たものは、三列に瞬《また》く、巨大なレンズだった。

「捕まえろ、叩っ殺せ」

マイクから流れる声に、徹平は歯をくいしばった。と同時に失禁した。海中で股間がじんわり温《ぬく》もった。

第三章　番小屋

油が切れかかっているのだろう。モーターが擦《こす》れ、たわみ、ぶつかりあう。きしみをあげながらの回転は煙が出そうなほどだ。

メリーゴーラウンドのように烏賊《いか》が舞う。傘形に、三角錐《さんかくすい》に烏賊をぶら下げたイカロボが回り続けている。この一夜干し製造機では蠅《はえ》も止まりようがない。

徹平はイカロボの動きに気をとられていた。

「逮捕されたよ、あいつら」

五枚ひと組にした烏賊の開きを束ねながら、新しい雇い主がいった。

「大分荒稼ぎしたみたいだわ」

軽い舌打ちが聞こえた。

Tシャツ脇《わき》に汗がにじんでいる。ポニーテールのうなじに後れ毛が一本はりついている。スキニージーンズにスニーカー。切れ長だが、瞳《ひとみ》はけして細くない。巡視船を操っていた二十五歳は、カラーゴムで一本結いをしていた。徹平は一夜干しをまとめながら新しい雇い主の名前を反復した。ルイ。カタカナのルイだ。これほど名前の字面が似合う人を初めて見たと思った。

コンクリ床はよく掃除されていた。グレーのスチールデスクにファイルが山積みだ。黒電話のコードはきつくねじれ合っていた。

「今回は特別だよ」

ルイが手を動かしながら、いった。

「脅されて手伝わされていたみたいだから、あんた」

「ルイさん」

「運がよかったね、徹平」

ため息をはきだす。

「今まで置き去りにされた例が、二件あるわ」

「置き去りですか」

「ホトケにならなくてよかった」

「ホトケ……」

徹平は小さく首をすくめ、身震いした。

密漁ボートを捕まえるのは至難の技らしい。いたちごっこに終わりはない。雇われ密漁者の多くは、借金にまみれたあぶれ者だ。札幌《さっぽろ》あたりのパチンコ屋でスカウトされ、この島に出張《でば》ってくる。短期間で儲《もう》かるバイトとささやかれて海鼠《なまこ》を乱獲する。万が一巡視船がやってくれば、元締めはあっさり逃走する。置き去りにされ、溺死《できし》してしまったホトケが、これまで二体引き揚げられたという。

「ウエットスーツがぱんぱんに弾《はじ》けそうだった」

意味をわかりかねた。

「一回沈んでもね、腐ってガスがでてくるの」

徹平は手をとめた。

「ウエットスーツが風船がわり」

徹平は、ルイの言葉に思わず顔をしかめた。二体のホトケは、闇《やみ》の真ん中で立ち泳ぎし、力尽きて沈んだのだろう。恨みつらみをつぶやきながら海の底に沈んでいったのだろう。果てしなく深く、わびしい夜の水底へと。一歩まちがえば徹平自身もその運命をたどっていたに違いない。

「内偵はしていたのよ」

ルイが立ち上がって、パソコンをひらく。画像が次々映し出される。疾走するボートの残像。船縁《ふなべり》に腰かけ、船外機を操作するのはマッシュだ。

「ずっとマークしてたの。今回お縄になったのも当然の話」

徹平は捕らえられた夜のことを思い出した。真っ黒な海中から引き揚げられたとき、指先が曲がったまま伸ばせなかった。巡視船に乗った漁士たちの怒鳴り声が飛びかうなか、ずぶ濡《ぬ》れでうずくまった。甲板の冷たさは今もはっきり覚えている。

「しばらく手伝ってもらうよ、徹平。軀《からだ》で返してもらうから」

「はい」

「安心しな。ちゃんとバイト料はだすから」

薄化粧があまりにもまぶしくて、徹平は目を伏せてしまった。

窓の外のイカロボは、あいかわらず軋《きし》みをあげていた。

翌日の起床は夜明け間際だった。

軽トラの助手席に乗りこみ、稲妻形の坂をくだって港へ急ぐ。水平線がオレンジ色に割れていた。薄墨の海の背中が裂け、光が誕生する。目覚める前の寝息のようなものを感じた。途方もない水塊は畏《おそ》れさえ従えている。

軽トラはエンジンをあえがせて道を急いだ。

港につくと、投光器がそこだけを活気づけていた。安っぽい玩具《おもちゃ》を扱う夜店のように見えた。海風がウィンドブレーカーを叩《たた》く。漁船のアイドリングはまだ荒く、漁の余韻をたたずませていた。陸にあがった漁師たちの息づかいが、作業を快活なものにしていた。大漁は人々の口数を多くさせるようだ。浜に小気味よい熱がみちていた。

船縁から渡されたコンベアから、プラコンテナが滑り落ちてくる。ガラガラとローラーが回り、次々送り出されては粘液をとびちらせている。

「じゃ、ホッケ積んで。二十四箱」

「わっかりました」

徹平はタオルでねじりはちまきをして積み込みを始めた。

島の朝は寒い。夏というのに、この冷ややかさはなんだろう。秋をとびこえいきなり初冬がやってくるのではあるまいか。決して後ろなどふりかえらない。そんな感じだ。

水揚げされたばかりのホッケが、粘液をほとばしらせていた。ゴム手袋も滑るほどだ。三段にコンテナを積んでいく。一段が八個。計二十四個。すべて積み上げると徹平はルイを呼んだ。伝票を切って走ってきた。

「腰、痛くならなかった？」

「平気ですよ、これくらい」

軽く平手で腰を叩かれた。そのときふわりと髪が香った。甘酸《あまず》っぱかった。咲いたばかりの花びらを連想した。そしらぬ顔で息を胸にためこんだ。小刻みに鼻を鳴らし、数回に分けて肺を満たした。束ねられた黒髪が、すぐ目の前にあった。自分はルイより十センチほど背が高いのだと思った。

「ロープ、フックに回して」

「はい」

荷台の反対側からロープを投げてよこす。フックにかけ、投げかえす。三カ所渡した。ルイは輪をこしらえしめつけた。ロープにぶら下がるように体重をかけ、結びを終えた。見事な手つきに見とれそうになった。男勝りという言葉はルイのためにあるのかもしれない。一連の動作は数秒ほどだった。

「珍しい？　南京締《なんきんじ》め。あんたも覚えときなよ」

視線に気づいてルイがいった。

タイヤはコンテナの重みで、かすかにひしゃげていた。荷台の隅から、ぽたぽた水滴が滴《したた》っていた。

「帰ってすぐワタを出すから」

「ワタ？」

「三枚おろし、ね」

ルイは手順を説明した。二十四箱のホッケはまたたく間に処理され、加工にまわされるという。足の早い魚は切り身にして皮を剝《は》ぐ。

「烏賊漁が終わりに近づいているからね」

「そうですか」

「今度はすり身加工だよ。忙しくなるわよ」

ルイが車を発進させた。

海はすっかり目覚めたようだ。青く、深く澄んでいた。エメラルドに凪《な》いでいた。この海面の色はわずか一月ほどの限定らしい。駈《か》け足に訪れる秋と牙《きば》を剝《む》く冬を前に、くるおしく輝いていた。

「いいところですね」

「自慢のふるさとよ」

「ふるさと」

「ずうっとここを離れないわ。離れられないわ」

ファンデーションがごくひかえめだ。整えられた眉《まゆ》はきめこまかい肌に映えた。

「今夜はすり身汁よ。おいしいの食べさせてあげる」

舌裏に唾が湧《わ》いた。

ルイのすり身汁は絶品なのだ。擂《す》りこぎ棒で擂《す》った団子に、岩海苔《いわのり》をちらした味《み》噌《そ》仕立てだ。つかまったあの夜、漁協の一室でご馳走《ちそう》になった。歯の根もかみあわずうちひしがれていたら、アツアツの椀《わん》がさしだされた。漁協の壁に染め抜かれた、青ペンキのJFのロゴとともに思い出した。

火傷《やけど》しそうな汁をふうふう啜《すす》った。つるりと喉《のど》をとおり、岩海苔の歯ごたえが新鮮だった。冷えた軀がじんわり温《ぬく》もった。ルイの視線が痛かったが救われた思いがした。あの夜、彼女がパトロール当番でなかったらどうなっていただろうか。

「ルイさん」

「ん」

「恐《こわ》くなかったんですか、三人組とはいえ、夜のパトロール」

「なにが」

不思議そうな顔をした。

「庭みたいなものだわ。恐いわけないでしょう」

密漁船が武装していたらどうしたのだろう。怪我《けが》ではすまない事態も予測されるだろうに。

軽トラはコンテナを背負いながら、上り坂にはいった。けなげに息をひびかせた。

丘に陽《ひ》が射す。一面の花群が徹平の目にとびこんできた。淡く咲き誇った花は白く、細かく打ち震えている。妖精《ようせい》が舞い降りるとしたらこんな場所に違いない。まばたきすら忘れた。

「見るの初めて？　エーデルワイス」

「エーデルワイス？」

「うん。本当は高山植物なんだって。だけどこの島には咲いてる」

さいはての島の、肌寒い夏がそのつぼみをはぐくむのだろうか。

「エーデルワイスの歌なら知ってます。小学校のとき、朝会で歌わされました」

「そう」

朝陽は入り江の輪郭にふりそそぐ。駈け足の光が海に筋をこしらえる。意志を持っているかもしれないと思った。

ルイの横顔を見た。いちにいさんしいごお。心のなかでうなじの後れ毛を数えた。後れ毛に金色の絹糸を重ね合わせた。徹平は幼稚園のころをふと思い出した。年長組の春、高熱を出して病院に運ばれたことがあった。そのとき、おんぶしてくれた母のうなじがよみがえったのだ。いい匂いだった。柔らかで温かかった。

ジーンズにスポーツブランドのウィンドブレーカー、そしてポニーテール。黒長靴はほどよくすり減り、毎日の汗を吸い込んでいた。かといって魚臭さを引きずってはいない。多いときは一日に二度風呂《ふろ》に入る。その女心は、なんとなく理解できた。

二十五歳の独身女性は、石置き屋根の平屋に二重に鍵《かぎ》をかけて独り暮らしていた。番小屋といっていい雰囲気だ。壁にかけられた漁具は手入れがなされ、中央の囲炉《いろ》裏《り》が、海に根ざした暮らしと生業《なりわい》の厳しさをただよわせていた。

ルイは高校卒業以来、スカートをはいたことがないのかもしれない。錆《さび》だらけの軽トラをきしませ、漁港と加工場を往復する暮らしを続けてきたに違いない。

徹平は恩返しがしたかった。納屋の二階とはいえ、ただで寝泊まりさせてもらい、三食ご馳走になっている。なによりありがたかったのは、身辺についてつっこまれなかったことだ。

不思議であった。

密漁者を雇い入れることなど普通はしまい。敷地に寝泊まりさせ、面倒をみるなんておおらかにもほどがある。

「ルイさん」

「なに」

「なんで俺を雇ってくれたんですか」

「あんた行くとこないっしょや」

「ええ」

「それだけ」

ルイはわずかに頬《ほお》をゆるめた。あまりにも自然な笑みだったので、どきりとした。

「万が一ですよ」

「万が一」

「万が一、俺がとんでもない奴《やつ》だったらどうすんですか。金目のものを盗んでとんずらしたりとか」

「万が一にも、あんたはそんなコじゃない」

真剣な目になった。

「こう見えてもさ、あたし人を見る目はあるの。それだけが取り柄なの」

ルイは煙草《たばこ》を灰皿にもみけした。

「急ぐよ。ホッケは足が早いからね」

ルイがアクセルを踏みこんだ。

作業場についてすぐ荷を下ろした。

出刃を握るのは、生まれて初めてだ。

まな板におさえつけ、人差し指を添えておしつけていく。ぷつりと腹が裂け、むっちりした臓物がはみだしてくる。ふくれあがった内臓はうつくしかった。豊富な餌《えさ》の証《あかし》だ。海底にはおびただしい海草がひしめいているのだろう。ホッケは真っ白な胴をまな板にさらしていた。

大きいものは根ボッケとよばれ、高値で取り引きされるので、小さいものを加工用に安く仕入れるのだ、とルイが教えてくれた。徹平は手を休めることなく、ひたすらワタを取り続けた。

ルイは三枚おろしに慣れていた。尻尾《しっぽ》の付け根から刃先をいれ、すっと峰を流していく。なめるように刃をすべらせると、あっという間に身がわかれた。ものの三十秒だ。削《そ》がれた骨はごく薄く、むこう側が透けそうだ。身と皮の見極めは感覚だけでおこなっているようだ。簡単そうに見えるが、難しいに違いない。

徹平は、流しっぱなしのホースで腹を洗った。丁寧に掻《か》き出した傷口から血合いをこそげとり、ササラで仕上げる。

コンテナはなかなか底が見えなかった。ルイに負けるわけにはいかない。そう思った。

二十四箱全てが空になったとき、徹平はひとことも口がきけなかった。千匹以上はさばいただろう。山のような切り身と、バケツ二十杯分の臓物を目の前に掌《てのひら》を開け閉めした。先ほどから手首が馬鹿になっている。骨までしびれている。

「なに休んでんの」

ルイが声を荒らげる。

「早くすり身にしないと。それが終わるまで休憩なしだよ」

「えっ」

「えっ、じゃない」

作業場の機械がうなりをあげた。セメントをかき混ぜる斜めドラムを思わせる。切り身を投げ入れると、端末からにょろにょろミンチが流れ出した。バケツでうけとめ、アルミ容器につめ替えていく。ミカン箱ほどの箱がいっぱいになると、ルイに冷凍庫にいれるよう指示された。一連の作業はまるですきがない。限られた時間にミンチに仕上げなければいけないのだ。スルメを束ねていたときは、まだ余裕があった。数を数えて段ボールにまとめ、ゆっくり昼飯をたいらげていた。ホッケの足の早さを呪《のろ》った。商売の厳しさを実感した。

軽トラ一台分のホッケを、すべて加工し終えたとき、陽は昇りきっていた。徹平は逆さにしたコンテナに腰をおろしたまま、頭を膝《ひざ》にくっつけていた。動けない。水の音と、デッキブラシの音が聞こえた。力なく顔をあげると、ルイがコンクリ床を水洗いしていた。なにくそ、とひとりごち、立ち上がった。

そうした日々は一週間続いた。ワタ出しには慣れたものの、腱鞘炎《けんしょうえん》は日増しにひどくなるばかりだ。それでも弱音を吐かずにいたのは、男としてのプライドだ。ルイはてきぱき包丁を使っている。負けたくはない。経験がないぶん根性を見せたかった。

コンテナは三十キロもある。徹平はしっかり腰を落とし積み込んでいった。もちろん水はしたたるし、全身が粘液まみれになる。すり身加工にはいってから、全身が生臭くてしようがない。ルイも同じようにヌルにまみれ、仕事をこなしていく。日の出から日の入りまでが仕事の全てで、飯は立ち食いだ。味わう余裕などもなく、半嚙《はんが》み状態で流しこんでゆく。だるさはピークに達していた。

夕暮れに薪《まき》風呂の一番湯をいただいた。心がほぐれた。

よくやったな、俺。そう自分を褒めた。

タイル張りの風呂場で、湯船に肩までつかれば、窓のむこうに暮れなずんだ海面が見えた。

丘の上の作業場兼自宅は、ルイの砦《とりで》だった。なぜ独り暮らしをしているのか。それは訊《き》けなかった。とにかくもう家には帰らないのだ。下手《へた》なことを訊いて墓穴を掘りたくなかった。

ざんぶと顔を洗った。丁寧に石けんを泡立て、一日の垢《あか》をすべて洗い流す。指先を嗅《か》げば、染みついたヌルがほのかに臭《にお》った。洗い流せない。くやしくもあるが、ミンチづくりの間は仕方ないだろう。そういい聞かせた。

徹平はほう、とため息をつく。ルイのほっそりした首筋や、ポニーテールからこぼれた後れ毛の残像が、いたずらに脳裏に残っている。それは、風呂のなかで突飛に思い出されるのだった。

Tシャツの脇が汗ばんでいた。それはふと腕をあげた瞬間目に入るのだが、見てはいけないものを見た気分になった。真っ白な脇の下がちらとのぞき、甘酸っぱい実を噛みふくめたような気になった。

ルイの軀のラインを脳裏で描きながら、徹平はじゃぶじゃぶと顔を洗う。湯船がさざなみだち、罪悪感があふれてくる。頭のなかでルイがTシャツを脱ぐ。空気になりたい。背後霊になって裸体を見下ろしてみたい。たわわな胸はしみ一つなく、桃のように白いのだろう。空想で想い続けていた、ふたつの膨らみは憧《あこが》れと同時に尊さを含んでいる。届くことのない、想像の産物だ。思いきり顔をうずめて、できることならむせび泣いて夜を明かしたい。本心は心臓の鼓動を速め、喉をひりつかせた。

この後ルイも浸《つ》かるであろう湯に入っていることに、ためらいを感じた。お湯ごしに見た分身は、おそろしいほどいきりたち、熱を帯びていた。

▼

徹平ってばよくやっている。心底そう思った。

バイト料が高いわけではないし、休憩もろくすっぽない。うまみといえば寝るところと食事が確保できることくらい。新鮮な魚が食い放題とはいえ、毎日ホッケばかりを見ていれば箸《はし》も進まぬだろう。背ばかり高く、まだ胸板の薄い高校生は暗い目をしていた。

夜の海でサーチライトに照らされたあのコを見つけたとき、同類の匂いをかぎとった。月のない海に浮かんでいた捨て犬。そんな第一印象だった。

幼いころ、よく子犬を拾っては叱《しか》られた。なんで拾ってくるの。これで何回目だと思っているの。まだ元気だったお母さんの小言がつきささってきた。何匹保護しただろう。雨あがりの帰り道、泥にまみれた姿を見つけるとたまらなくなった。給食のパンを持ち帰っては与えた。縁の下に古毛布を敷いてかくまったが、隠し通せるものではなかった。その都度大目玉をくった。子犬たちはどこへもらわれていったかわからないが、お母さんは絶対に折れなかった。うちには犬なんて飼う余裕はないんだよ。太い釘《くぎ》をさされると、反論などできなかった。

加工場を営んでいたお父さんが交通事故で亡くなったのは中三の冬だった。高校卒業と同時に家業を手伝うことにした。そして数年後、お母さんとふたりきりの家業が軌道にのりかけた矢先、悲劇がおこった。苦しいよう、とお母さんは掌で宙をつかみ、打ちっ放しのコンクリ土間に仰向《あおむ》けになってそれっきりになった。しぼりだした喉の奥の、断末魔の声が今でも耳にこびりついている。口紅をさすことなどめったにない、働きずくめの人生は心底哀《あわ》れだった。

冬になればフェリーも欠航しがちになる島の暮らしだ。錆びたトタンの民宿が軒をつらねるか細い観光地だ。島は海産物に支えられているが、ネオンと無縁の生活はあまりにもわびしい。魚の臭いがただよう集落に希望などなかった。石置き屋根の下、古びた家屋に埋もれながら住民は息をひそめる。そんな島の暮らしに、もううんざりだった。

お母さんの四十九日が済んだ翌日、あたしは島を出た。こんな場所で一生を終えたくはない。化粧と無縁で女を捨てるのは耐えられない。ヤッケを着込んで魚をさばく一生に、嫌気がさしていた。札幌にあこがれていた。その願いは皮肉にも、両親の死によって叶《かな》えられる形となった。

☆

「ルイさん、引いてますよ」

徹平はいった。

ルイがはっ、と視線を戻した。先ほどから物想いにふけっているようだった。竿《さお》先《さき》が大きく引きこまれているのに気づいて、あわてて竿を手に取る。リールを巻き上げるとぐんぐん胴がしなり、獲物が姿を現した。ごぼう抜きにすると、威勢よく船底にとびこんできた。びたびた尾をくねらせ、褐色の背中をぬめらせた。

「なんですか、この魚」

「カジカよ」

ガマガエルに似た大きな頭でいやいやをし、船底に激しく尾を叩きつけた。

「鍋壊し、っていうのよ。よいしょっ」

ルイがえらぶたをこじあけ、ナイフをさしこむ。徹平は一瞬息をとめた。カジカはそれっきり静かになった。血がなめらかな筋となって流れ出す。

「とても美味《おい》しいの。鍋をつついて奪い合って壊してしまうから、ね」

「へぇ」

「ちょっと、あんたのも引いてんじゃない」

徹平は飛びついた。しゃにむにリールを巻き取っていく。ややあって、小振りなカジカがあがってきた。頭が張り出し、とげにおおわれている。初めて見るが、とても美味には思えない。海底で見れば、岩か魚かわからないかもしれない。

湾は凪いでいる。風もなくいいコンディションだ。徹平は沖に出たい、といった。一週間ぶりの休日なのでご褒美に好きなところに連れて行くから、とルイに訊かれ、そう答えた。

釣りがしたかった。扱っているのは死んだ魚ばかりだ。生きた魚を手づかみしてみたい。くしゃりと顔を輝かせてみせたのだった。

「なんかついてますよ、ルイさん」

徹平はカジカの胸ビレを指さした。

「あぁ、ウオジラミね」

「虫ですか、それ」

「寄生虫」

「げ」

眉にしわをよせた。苦笑いを隠さなかった。

夏の時季、ウオジラミなど珍しくもなんともない。ごま粒ほどの虫は調理の際掻きおとせばいい。熱を通せば死んでしまうし、間違っても人に寄生することはない。ルイがそう教えてくれたが、やはり気持ちのいいものではなかった。

「大丈夫よ。食べるときは完全にとりのぞくから」

胸ビレにへばりついた円盤形の虫は、もぞもぞと動き出していた。

▼

札幌は、風までもが都会の匂いにみちていた。

あたしがそれを感じたのは、初めて地下鉄に乗ったときのことだ。薄野《すすきの》に降りたとき、地下鉄の排気口から吹き上げる空気が鼻をくすぐった。ほんのり鉄っぽかった。

多くの人が地下に飲み込まれていく。なによりも新鮮だったのは、長靴がひとりもいないことだ。島では一年を通してそうなのに。海に寄りそうということは、そういうことなのだ。

地下鉄がはいってくるたびホームに風が巻く。やはり、匂う。その不思議な香りがなんなのか、しばらく謎《なぞ》だった。レールと車輪の鉄粉だろうか。それ以外の別のものが含まれているはずだ。そうに違いなかった。

その正体に気づいたのは、半年後の冬の朝だった。埃《ほこり》の匂い。そう思い至った。黴《かび》くさくもなく、ひなたくさくもない。都会の隅に巻き上げられた人々の埃は、ちいさな竜巻にしたてあげられてホームにまきちらされる。あたしはその匂いが嫌いではなかった。階段を下りていくとき遭遇すると、わくわくした。これが都会の匂いなのだ。そういい聞かせた。

知り合いなど一人もいなかった。わずかな現金とボストンバッグに詰めた着替えだけが所持品の全てだった。アルバイトを探した。百貨店の雑貨屋に雇われた。立ち仕事はつらかったが、魚をさばくより、数倍気分がよかった。最新のメイクをほどこし、流行色のルージュをひいて売り場に立った。毎日が充実していた。

そんなある日、同僚にさそわれてクラブに遊びに行った。かつてはディスコといったらしいハコだ。

足を踏み入れたラウンジは重低音のハウスミュージックが響きわたり、人があふれていた。若者たちがリズムをとりながら踊っていた。雰囲気に飲まれた。人前で踊るなど考えられない。フラッシュのように点滅する照明と、下腹をつきあげるスピーカーの大音量にさそわれるまま踏み出し、身をまかせた。気持ちよかった。汗と歓声がとびちった。夢中になった。酒は飲んでいなかったが、心が酔い始めていた。雰囲気というものはこうも人を酔わせるのか。びっくりした。

客たちは同年代か、すこし上くらいでそれが一定の秩序をかたちづくっていた。洗練された場所はフリードリンクでフリーフード。ナポリタンが美味しかった。ビールは有料だが、欲しくもなかった。その場に居ることがステイタスだった。井のなかの蛙《かわず》は大海に出た。たとえようのない昂《たか》ぶりと、たくさんの満足感をひきよせた。

それが転落の始まりだった。そのときはそれに気づきもしなかった。

☆

味噌汁は沸騰しかけていた。

徹平は鍋をのぞき込んだ。

ぬるいものは価値がない。カジカ汁とは、そういう性格のもので、自分でいうのもなんだがいい味なんだそうだ。ぐつぐつ煮立った鍋には、ぶつ切りの切り身とネギが入っているのみ。ルイが赤味噌を投入してできあがりだった。

徹平は夢中ですすった。アルミホイルにくるんだおにぎりと、カジカの味噌汁。それだけの朝食だが、海上で食べるのはひときわ美味かった。

「大漁でしたね、ルイさん」

「なんも。昔はこんなもんじゃなかったわ。カジカなんかどこにでもいたも」

ルイが小学生のころは、糸釣りで簡単に釣れたという。空き缶に巻いたテグスに、おもり代わりのボルトをくくり、船の下に垂らせばいくらでも食ってきたという。

釣りというより、大根をひっこぬく感じだそうだ。

「これでも釣れなくなったのよ」

「まじですか。十匹も釣れたのに」

徹平はカジカの美味さに興奮気味だ。

ルイが煙草に火をつけた。ゆっくり煙を吐き出しながら語り出した。

やはりひとりで工場を切り盛りしていくのは難しい。来年はパートでも雇わなければやっていけないかもしれない。すり身が一段落したら、今度は糠《ぬか》ボッケの加工が待っている。島でしかつくられない珍味は、意外と引き合いが多い。ホッケを糠につけた貯蔵品だという。発酵食品の一種だそうだ。

「徹平」

煙草をもみ消すとルイが徹平を見ていった。

「はい」

「蟹《かに》ビル、って知ってる?」

「いえ」

「蟹につく寄生虫なんだけどさ、根についてる証拠なのよ。それだけ餌が豊富だから動く必要もないし、身が肥えてる、ってこと」

それは高級品の証なのだそうだ。甲羅に付着する黒い豆粒のようなぽつぽつがブランドの証拠でもあるらしい。

ルイの話はつづいたが、それどころではない。カジカ汁が美味すぎるのだ。

徹平は三杯目をお代わりした。旺盛《おうせい》な食欲に、ルイの目元がほころんだ。

食事が終わると、ルイがエンジンをふかしあげた。おもかじをきって針路を変える。舳先《へさき》は波を切って速度を上げた。

「どこ行くんですか、ルイさん」

「ひ・み・つ」

とっておきの場所のようだ。

「どこですか、そこ」

「まぁお楽しみ」

五分ほど走り、ボートは細長い半島にアンカーを下ろした。コンクリ護岸があるわけではない。砂浜に半分のりいれてボートはとまった。

徹平はジーパンをまくって素足でとびおりた。

「宝探し、しようか」

「金でも埋まってるんですか」

「だといいけどね」

ルイが中腰になって砂浜をさぐるので、徹平もおなじ姿勢をとった。

「ほら」

ルイが半透明な小石を太陽にかざしてくれた。

「翡翠《ひすい》よ。ひすい」

「それって、宝石ですか」

「うん、そう」

売り物になるほど上等ではないが、翡翠にかわりはないという。ルイは幼いころ、よくここで宝探しをして遊んだのだ、と笑った。

徹平は夢中になって探し始めた。

そんな徹平を微笑《ほほえ》ましげに見つめていたが、そのうちルイも宝探しに夢中になった。

ルイのはしゃぎっぷりは、予想外だった。もったいつけてみたものの、実は自分が来たかったんじゃないか。そんな感じだった。

翡翠を見たのは初めてだった。もちろん指輪になるような上等品ではない。油石といったほうがいいかもしれない。ラードに似た、白濁したなめらかな丸石だ。茶筋で網目のように分断されていた。そっと唇に当てる。なめらかだ。石というより、飴《あめ》を押し当てているような感触だ。ほのかに温《ぬく》い。太陽をたっぷり吸いこんだ波打ち際の玉石は、水磨《みずと》ぎすれば土産物《みやげもの》屋の店先に並べられるかもしれない。

徹平はルイを盗み見た。真っ白なTシャツの、ほんのすこし伸びた襟ぐりからブラの線がのぞき見える。思わず目をそらす。見てはいけないものを見てしまった。動揺を隠し、翡翠探しに没頭するふりをした。

誰もいない海岸だ。半島は細長い輪郭を連ならせる。濃い土色の崖《がけ》は勢いよく削がれ、横腹をさらす。表土を覆う草の緑が鮮やかだ。薄曇りの空。北の太陽はやさしい。突き刺してくるようなそぶりは見せない。薄手のダンガリーシャツでもほしいくらいだ。風が吹きつけてくる。上腕を舐めるとしょっぱい。まぶされた潮は知らぬ間に髪をべとつかせる。こんなふうに海に親しんだのは、生まれて初めてかもしれない。

日中の海は両手を広げて笑っていた。密漁に明け暮れていたときは闇底ではいずりまわっていた。いつか天罰がくだるんじゃないか、とびくびくしながら、ため息をのみこむ日々だった。

天罰というものは、本当に存在する。子供のころ、幼稚園の先生に教えられた。わるいことをすると、ばちがあたりますよ。おしゃかさまはいつも見ているのですよ。お寺が経営する幼稚園の、ぼんやりした記憶の隅に浮かぶのはひしゃくの甘茶を、ちいさな仏さまにかけている光景だ。ご本堂には数十本のろうそくが灯されていた。かすかな線香の香りと、風もないのに腰をゆらす灯明《とうみょう》のうねりを、不思議な気持ちで見上げていた。

今、自分は天罰とまるで反対の縁に巡り会わされているのではないか。ルイに救われたのは、ある意味のご褒美ではないのか。なんのご褒美か。頭をひねって考えたが、なにひとつ思い浮かばなかった。

澄み渡った風を、徹平は胸いっぱいにみたした。砂浜に寝ころんだ。大の字になって、砂の温もりを背中で感じようとした。髪のなかまで砂粒がはいりこんできたが、どうでもよかった。ずっとここにいたいと思った。時間がとまればいいのだ。今、この世界が固まってしまえばいいのだ。そうすればルイとふたりだけでこの砂浜に存在できる。琥珀《こはく》の化石に閉じこめられた羽虫のように、永遠に自分とルイを閉じこめてしまいたい。もしも願いがひとつだけ叶うとしたら、そうお願いする。絶対に。

姉がいたらこんな感じになるのだろうか。ほのかに胸が痛んできた。徐々に、きつくしめつけてきた。襲ってきたのは自己嫌悪だ。

毎晩布団のなかでルイを穢《けが》しつづけている。恩を仇《あだ》で返すようなものだ。幾度もブレーキをかけた。こんなことではいけない。思いと裏腹にほどなく誓いは破られた。気がつけば夜な夜なルイを穢している。ごめんなさい、ごめんなさい。罪悪感と裏腹に、肉体は正直だった。想いは胸をひきさいて、分身は切なく膨張するばかりだ。

シャンプーの匂いは鼻をくすぐった。ルイが動けば空気が揺れ、髪の香りも漂ってきた。そっと吸い込む。ほころびそうになる頰をおさえこむ。切なさに泣きそうになる。ただ甘いのではなく、甘酸っぱい。果物の匂いをかいでいるような錯覚におちいった。

「なに寝てるのー」

まぶたごしの太陽が突然消えて、真っ暗な影におおわれた。びっくりして目をあけるとルイの顔があった。睫毛《まつげ》がくっつきそうだ。息をころした。

「そろそろいくよっ」

「はい」

どきどきがおさまらない。ルイに気づかれてはいないだろうか。立ち上がって背中の砂を払った。ルイはボートに乗り込んでアンカーをあげていた。

ジーパンのポケットに手をつっこみ、分身の位置を直す。それは知らぬ間に熱を帯び、はちきれそうに硬直していたのだった。

北国の女性のなかでも、ルイの肌の白さは目立った。薄化粧がよく映える。日焼けすることもなく、みずみずしいままだ。薄化粧がよく映える。赤ちゃんの肌といってもいい。エーデルワイスの花群を連想した。

徹平はそんな自分に気づいては慌てふためく。たがを外してしまったらとりかえしがつかなくなってしまう。そうすればこの関係も終わりだ。ルイに嫌われることが死ぬほど恐かった。

きつい仕事も、ルイがいるから耐えられる。真っ白なTシャツの襟ぐりからのぞくブラの谷間や、万歳の体勢をとったときの、つるんとした脇の下を思い浮かべ、それを励みにしているのだ。それを失うということは、生きる喜びを放棄するようなものだ。

ボートは勢いよく波を切りはじめた。

内湾はおだやかに静まり、漁船が沖をいきかっているのがぼんやり視界にはいる。おだやかで満ち足りた休日だ。

船外機の音だけが、小気味よくひびいていた。

「徹平」

「はい」

「ね、温泉好き？」

「温泉ですか、入ったことないなぁ」

「じゃぁ今から連れてってやるわ」

「本当ですか」

「うん。お姉さんを信じなさい」

お姉さん。そのひとことは、なんの予告もなしに胸を刺し貫いた。

徹平は長い独白を始めた。


『ルイさん、俺は滓《かす》だったんですよ。落ちこぼれ、っていったほうがいいかもしれない。学校の成績がね、ビリから三番目だったんですよ。なんでかな、って思うと、答えは簡単です。勉強が嫌いだったからですよ。なんの為《ため》に勉強するのか、本当にわからなかったんです。今でもわからないですよ。好きでもないことをなんでやらされるんだろうなって。先生はいいましたね。学力こそが進路を決める強みになるんだって。中三になると受験勉強が始まりますよね。でも、俺は車の整備工になるつもりだったから、進学なんてしないつもりだったんですよ。机に座って勉強するよりは、工具を手に車をいじっていたほうが楽しいと思ったからね。

ええ、家が車関係の商売をしていたんです。親父《おやじ》ですか？　一応社長でしたけど。社長、っていっても名前ばかりですけどね。従業員もいないし、ひとりで切り盛りしている町工場ですけど。俺、親父と二人で工場を大きくしたかったんですよ。それで勉強なんて眼中になかったですもんね。

親父が独立したのは小六のときです。そのころはバリバリ稼いでましたね。人間、乗ってるときってああも頑張れるんだ。感心するくらいの働きっぷりでした。工場を旗揚げしたときの、晴れがましい笑顔。自慢の親父だったんですよ。

え、ルイさんのお父さん、事故で亡くなったんですか。

それはなんといっていいか。え、あの工場を自営されていたんですね。顔は鬼《おに》瓦《がわら》似ですか？　亡くなったお母さんがいつもそういってたんですか。

ああ、話を戻しますか。どこまででしたっけ。あぁ、整備工場を立ちあげたところまでですよね。うん、おかげさまで軌道に乗り始めたんですよ。親父、口数は多くないんですけど、注文はきっちりこなすんです。そりゃもう、丁寧な仕事ぶりでね。口こみでお客さんがどんどんついて、それなりに金もまわるようになったんですよ。今にして思うとあのころが一番よかったのかもしれませんね。夢と希望がはちきれそうな時期でしたよ。俺はもう進学する気はなかったですね。中学出たら、親父の手伝いをしながら車をいじろうって。だから勉強も全然しなかったですよ。お袋もやかましくなかったんです。勉強しろとか、宿題やれとか、一切いわなかったですね。俺、手先が不器用なんですけど、車いじりが好きだったんですよ。親父と過ごす時間が好きだったんですよ。

ねぇ、ルイさん。もしも時間を止められるとしたら、俺、あのころに時計の針を戻しますよ。

工場の空気は大好きだったんです。親父が勤めていたときから、手伝いをしていたから馴染《なじ》みはあったんです。コンクリ床はいつもざらざらしていました。吹き付けられた塗料の粒子が、何色も混ざりあって靴底を滑らせました。窓もうっすら染まっていてね。指で絵を描けばくっきりへのへのもへじができあがるんです。鉄骨むき出しの高天井は、冬になると死ぬほど冷えましたね。夏は夏で空気が通らないからそれもきついんです。

ちょうどそのころ、愛犬の太郎とつらい別れ方をしたんです。リカバリーするのにかなり苦労しましたね。パソコンみたいにボタンひとつでリセットできればどんなに楽かわからないです。人間ってもんは複雑ですね、ホント。

工場がオープンしてから、親父は死にものぐるいで働いたんです。俺、そのとき六年生だったけど、それなりの手助けにはなっていたと思います。そうすることで太郎を忘れようとしていたんだ、って思いますよ。口にこそ出さなかったけど、それは俺も親父も、お袋も感じていたことなんじゃないかな。

太郎が俺たち一家に頑張りを与えてくれたのかもしれない。まさにそんな感じでした。

学校が終わればランドセルを玄関に放り投げ、すぐツナギに着替えました。一秒も早く親父の手伝いがしたかった。ボンネットのなかを見るのはすごく楽しかった。毎日毎日、新鮮な勉強でしたね。高校進学なんてそのころから眼中にない。はっきり口にださなかったけど、親父もお袋もうすうす感じていたんじゃないかな。親父にしても、反対はしていなかったんじゃないかと思う。むしろそうしてくれたほうが助かる、ってくらいに思っていたんじゃないかと。自分の技術を盗みとってくれ、って考えていたかもしれないです。

あのまんまいけば、今ごろみんな笑顔で暮らしていたかも、ね。親父の楽しみは、唯一晩酌《ばんしやく》くらいだったから、間違いなんて起こらなかったと思うんです。あのときあんなことさえ起きなかったら、ね。それだけが心残りなんです』

一気にそこまで吐き出し、徹平はむしゃぶりついた。しゃくりあげて泣いていた。ルイは、幼子をあやすように乳房を与えてくれた。Tシャツの胸元が濡《ぬ》れていく。震える背中をルイがポンポン叩きつづけた。

▼

あたしは北二十四条のアパートで、爛《ただ》れた日々を過ごしていた。ゴミの山に埋もれながら、故郷のエーデルワイスを思っていた。嫌でたまらなかった田舎の島がただなつかしかった。風にそよぐちいさな白い花は、やさしくて切なくて、とてもか細かった。白い雪のなかに永遠の命。そんな歌詞がぴったり似合う、田舎の原風景がせりあがってきては胸を殴りつけた。

街はとても魅惑的だったけれども、その一方でしっぺ返しもきちんと用意していた。

暮らしがすさび始めるのに、そう時間はかからなかった。派手で贅沢《ぜいたく》な遊びが暮らしの比重を大きくしめだすと、金も必要になってくる。援助交際に手を染めた。一度体験してしまうと罪の意識は吹きとんだ。回数を重ねるたび、後ろめたさは薄まっていく。慣れがあたしを底なし沼に誘い込んでいた。その先に待ちかまえていたのは、より稼げる業種への転職だ。店舗を持たない、デリバリー方式の店。時代はそうした流れに乗り始めていた。割り切りと居直りが肩を押した。だからといって高級マンションに引っ越したわけでもない。今までの安アパートで山のような服と、靴と、バッグに囲まれて暮らしているのだった。

昼夜が完全に逆転した。

店がひけるのはいつも明け方。最後の客をこなし、ドライバーに送迎されてねぐらにたどりつくと、雀《すずめ》が騒ぎはじめていた。鉄の螺旋《らせん》階段を駈け上がるハイヒールの音が、甲高《かんだか》く響いた。足はむくんでいた。住人たちは玄関脇に洗濯機を置いていて、水垢のこびりついた象牙《ぞうげ》色の二槽式が、朝陽にむなしくなぶられていた。まぶたがはりつきそうだった。待機部屋で寝転がる時間は他のコにも気を遣うから、熟睡とはほど遠い。スナック菓子をつまんでは煙草を吹かす。殺伐とした待ち時間だった。日に何度もシャワーを浴びるから、肌はかさかさ。保湿クリームが手放せなくなった。〈すすきのタウン情報〉に顔写真を載せたのは正解だった。忘年会シーズンになると定山渓《じょうざんけい》温泉からの指名が多くなった。十時間も延長してくれる社長に当たったとき、一晩の稼ぎは軽く二十万を超えた。

アパートはあたしにとっての巣だ。オオミズアオがこしらえる、森のゆりかごだ。図鑑で見たことがある。蛾の白い羽は、扇子の形をしている。その繭と四畳半とをあたしは重ね合わせていた。

化粧を落とし、下着でベッドに潜り込む。ゲップのでるほど肌をふれあわせる仕事でも、冷えた布団に身をこじ入れるのはとても辛い。朝陽の射す古ぼけた部屋は靴の紙箱がうずたかくつまれている。何十足もそろえてみたものの、一回も履いていないものも多い。靴や服がそれほど欲しかったんじゃない。買うことが楽しくてしかたなかったのだ。商品を手に入れると同時に欲求は満たされてしまい、また次の商品に心がうつっていくのだった。

われながらあきれた生活だった。タグをつけたままの服を、どれだけゴミ袋につめこんだだろう。ゴミか宝か、判断できない商品は次第にふくれあがり、背丈ほどにも高くなっていた。すべてがネットのなせる技だ。クリック一つで配達されてしまう。仕事以外の人づきあいといえば、宅配便業者に受け取り印を押すことくらいのものだった。

　梱包《こんぽう》の封を切ったとき、あたしの満足感は最高潮に達する。それは性交で得られるエクスタシーとはまた別の、独特の達成感に違いなかった。そこで記憶は中断される。その翌日、その感動をひきずっているかといえばそれは違う。手に入れた瞬間、ブランド品は見る見る色あせ、崩れていく。あれほど光り輝いていた宝石は、一晩寝てしまえばただの石炭に変わってしまっていた。

　それが悲しいとは思わない。交わりの代償で得たあぶく銭はグッチやプラダ、エルメスへと変身していく。軀は金を生む資本だった。高級な食事など欲しくもない。日に三度、二百九十円の弁当を、ユンケルファンティーで流し込んだ。ビタミン剤も手放さなかった。おしっこはそのせいでいつも真っ黄色だ。着もしない服や、履きもしない靴、つけもしないアクセサリーに囲まれて、あたしは揚げ物中心の弁当をむさぼり続けた。

　判断力などなかった。ありもしなかった。アイコンをクリックするときの、一瞬の快楽にはあらがいようがなかった。頭の血管が収縮するさまといったら、例えようのないくらいに甘美だった。血が一気に頭にあつまり、すうっと降下していく。全身にアドレナリンが充ち満ちて、あたしはほうけたように笑みを浮かべる。それは全知全能の神が、ふんわりまいおりてやさしく抱きしめてくれる感覚にほかならなかった。

絵に描いたような自己逃避だ。まっとうな暮らしを取り戻した今、あの暮らしはなんだったのかとうすら寒くなる。物欲を腹一杯に詰めこんでも満腹は得られない。もっと、もっと、もっと、もっともっと、もっと、もっと……ますます喉は渇き、飢えは増幅される。底なしだ。底なしの沼に足をふみいれたあたしは、もがけばもがくほど身動きがとれなくなっていった。

確実なリピーター客が物欲を支えてくれていた。固定客をつかむのが大切な業種だ。営業には自信があった。名刺にプリクラを貼《は》り、手書きで携帯番号を書き込んだ。あなただけ、とみんなに同じことをいって手渡す。あたしは女優で客は札でしかない。財布の紐《ひも》をゆるめるために、あたしは舌の付け根がいたくなるほど技を駆使する。仕事の帰り道、肛門《こうもん》がひりひりすることもよくあった。喉奥まで押し込まれた肉芯《にくしん》の堅さを思い出し、戻しそうになった。もちろんオプションはフルで登録した。取り分は全額自分のものになるから、悪い条件ではない。だからといっていつまでも肛門を売るのも考えものだった。後ろでやりたがる客は後をたたぬが、この若さで紙おむつの世話になるのは絶対に嫌だった。

収入が減り始めたのは二年後のことだった。

週イチでやってくる客が減り、月イチでやってくる客も姿を見せなくなった。初めは気のせいかと思っていたが、同じころ、ドライバーの態度にも翳《かげ》りが見えはじめていた。送迎のとき、ルームミラーごしの視線が気に障った。かすかな哀れみを嗅《か》ぎとったあたしだった。冗談じゃなかった。このあたしが、なんでそんな目で見られなきゃなんないのよお。ふざけんな、こら。なんだよ、その目は。そんな目で見るんじゃねえよお。こころなしか待機所で他のコたちも、あたしを避けるようになっていた。それは気のせいでもなかった。

あたしはある日キレてしまった。初めてついた客が、対面した瞬間あたしをののしったからだ。うわ、豚かよ。あたしは首をかしげた。なにいってんの、こいつ。豚、って誰のことをいってんのよ、あんた、目、悪いんじゃないの。一回眼科でみてもらってきなよ。みてもらってこいよ、早くしろよな、おかしいんだよ、お前の目は。節穴かよ、こんないい女つかまえてさあ、頭、おかしいんだよ。あたしは感情をおさえられずに食ってかかっていた。失礼にもほどがあった。確かに眠れない日が続いていたのは事実で、眠剤が増えていたのも本当。規定量じゃ眠れないから勝手に量を増やしていた。いいじゃない。それでぐっすり眠れるんだからさぁ。チエンジだよ、チェンジ。おい、チェンジっていってんのが聞こえねぇのかよ。俺はスリムで胸のでかいコを頼んだんだ。なんでお前みたいなドラム缶がくんだよ。おい、帰れよ、帰れったら。

あたしは突進していった。馬鹿馬鹿馬鹿馬鹿。ぐるぐるこぶしを振りまわしてめちゃくちゃ客を殴りつけた。

気がつくと誰かがあたしを羽交い締めにしていた。離せ、離せ、離せ。鏡がめちゃくちゃに割れていた。ベッドが水びたしだった。

乗せられた車には真っ赤な回転灯が点灯していた。運転席で無線が飛び交っていた。

一年後、心療内科を退院して荷物をまとめた秋、通帳の残高はたったの五万円だった。そのときになってようやっと気がついた。

あたしには、好きになって軀を合わせた男などひとりもいなかったのだ——と。

☆

『好事魔《こうじま》多し、って言葉を俺が知ったのは、家がガタガタになり始めたころでしたね。工場が順調だったのは最初の一年だけでね、ちょっとしたつまずきが我が家の運命を変えてしまったんです。運命、なんて言葉、本当は使いたくはないんですよ。なんでもかんでも悪いことは運命のせいにする。お袋って、そんな性格なんですよ。それは工場の資金繰りが怪しくなってきたころからでしたね。俺が中一の冬、親父がだまされて借金をしょわされたことがお袋を変えちまったんです。

その日家に帰ると、床の間にえらく立派な仏壇が供えられていて、俺はぎょっと目を剝きました。重々しい漆塗《うるしぬ》りの、それは立派な仏壇でした。ご本尊、っていうんですか？　白木の仏像が納められていて、いくつもの位牌《いはい》が安置されていたんです。お袋はその前でひれふすようにはいつくばっていました。具合いが悪くて倒れているのか、と思ったくらいですよ。母さん大丈夫、ってかけよったんです。お袋はゆっくり顔をあげて気持ち悪いくらいの笑顔を見せたんです。そのあとの台詞《せりふ》は俺から言葉を奪いました。あぁ徹平。これで全てがうまくいくよ。今はちょっとさついけど、ご先祖さまがまもってくださるからね。別に変なことを語ってるわけではなかったんですが、その表情があまりにも恍惚《こうこつ》としてるっていうか、現実離れしていたんですよね。どうしたんだよ、これ。どうしたもこうしたもないわ、先祖供養が足りないから今苦しい目にあってるのよ。この仏壇を買ったからにはもう大丈夫よ。大丈夫ってなにがだよ。なにがだよ、って決まってるじゃない。運命が変わるのよ。さぁ徹平、あなたも拝みなさい。俺はいわれたとおり拝みました。そのときはすこし驚いたけど、ご先祖さまに手をあわせるのは悪いことじゃない、って思えましたから。そんなことがあったんですが、それからお袋は人が変わったようになりました。知らぬ間に床の間に壺《つぼ》が増え始めたんです。これを飾れば運気があがる、だの、パワーがいただけるだの、そんな言葉を繰り返すようになりました。これはやばい、って直感しましたね。

親父のつまずきは、お袋をおかしなほうにねじ曲げてしまったんです。もとはといえば、前の会社の社長からの頼まれごとがきっかけでした。保証人の証書に判をついたことが崩落の引き金をひいちまったんです。親父もその社長からさんざん世話になっていたんです。実際工場をたちあげたときも、それなりの保証人になってもらってたらしいんです。かわりばんこ、ってわけじゃないですが、考えた末親父は判を押しました。男と男の約束、って盃《さかずき》を交わしたそうです。どうも親父はお人好しの面があったようで、一度信頼すると、疑いを持つようなことがなくなる人間でした。社長は計画倒産の絵を描いていたんですよ。ええ、雲隠れですよ。親父は相当の額の借金を負わされたみたいです。それから仕事がたちゆかなくなって、お袋が新興宗教にのめりこんでいったんです。

いさかいで毎日が嫌でしたね。お袋はことあるごとに勉強勉強と口をとがらすようになりました。今まで車屋になるつもりだったのに、いきなり大学にいけ、ですよ。はじめはなにをいってんのかわかりませんでした。これからは堅いところに勤めて安定した将来を歩んだほうがいい、ってことを繰り返すようになりました。その為にはいい成績でいい大学に入っておくれ。いい大学に入らなきゃ、お父さんみたいになるから。そんなことをこっそり耳打ちするようになりました。俺はちょっと待ってくれ、って反論しました。お父さんみたいになる、ってどういう意味だよ。今、必死で立て直そうとがんばってるじゃないか、ってね。何度も力説しても、お袋は首を縦にふりませんでした。それどころか実力テストの結果を持ち出してきて、その成績のひどさを呪うようにののしりだしたんです。

成績をあげておくれ。こんなことじゃいい学校に入れないよ。いい学校に入れなければ、あんなふうになるんだよ。繰り返しそんなことを聞かされているとおかしくなりそうでした。頼むから塾へ行っておくれよ。ほら、三丁目の原田塾《はらだじゅく》。あそこへ行けばみんな成績もあがるんだよ。大丈夫。お母さんが先生に付け届けをしたから。目をかけてもらえるよ。必ず成績があがるよ。そんなふうに迫ってきたんです。

俺、そのころはまだ素直なところがあったんでしょうね。もしかするとお袋を可哀《かわい》想《そう》だと思っていたのかもしれない。念仏をとなえながら入塾を迫る姿は、どう考えても普通じゃなかったんです。可哀想だな、って心が俺にうん、といわせたんですね。

塾は本当にちんぷんかんぷんでした。考えてみれば当たり前の話です。頭の悪い奴が成績をあげる場所じゃなかったんです。頭のいい奴がさらに成績をあげる場所だったんです。第一、基礎さえできていない俺ですよ。クラスで上位の奴とまるでレベルが違う。できて当然の問題も全然解けない。中一の段階で俺は小四くらいのレベルだったんじゃないかな。そんななかで頭のいい奴らと机を並べて勉強するのは地獄といってよかったですよ。

ルイさん、俺、思うんです。あそこは劣等感を植えつける監獄でしかなかったんだな、って。週に三回、わかりもしない高レベルの問題を前に、みんながどんどん解いて行くのに、一問も解けずにうなだれている。さらし者ですよ、金を払って劣等感を積み重ねているのと同じですよ。胃薬をこっそり飲んでいましたね。のびのびたくましく、っていうスローガンが黒板の上に貼られてましたけど、どこがのびのびなんだよ、と毒づいていました。自分を大切に思えなくなってきたんです。俺って駄目な奴だな、みんなが解ける問題をひとつもできないじゃないか。生きている価値なんてどこにもないよ。そんなことばかり考えていました。それでも素直に塾に通っていたのは、いよいよお袋がおかしくなったからです。ますます壺は増えていき、家に帰ると読経が鳴り響いていました。線香が焚《た》きしめられていて、夕食のメニューはきまってお粥《かゆ》とニラのおひたしだけなんです。教祖さまの教えなんだよ、ってその決まり文句ですよ。おかしいでしょう。笑っちゃいますよ。どこの教祖かしらないけれど、信者を栄養失調にさせるのかよ、とあきれかえりました。そのうちお袋は家をあけるようになりました。セミナーだとか集会だとか、そんな言葉をつぶやいて目を輝かせて出かけていくようになったんです。

限界でした。もう耐えられませんでした。あなたのことを思うからよ。それがお袋の決まり文句でした。本当に俺のことを思うんなら、なんで劣等感を植えつけるんだよ。俺は駄目な人間なんだ。塾へ行くたびそう実感させられるんだよ。助けてよ。勉強で身を立てるタイプじゃないんだよ。わかってくれよ。殺さないでくれ。頼む、お願いだ。そんな言い争いはいつまでたっても平行線のままでした。自分の価値なんてまるっきりないと思ってましたね。もう心はぼろぼろでした。すり減って骨がむきだしになり、一歩も歩けない状態でした。誰にも認めてもらえない。この世でたったひとりぼっちなんだ。親父は親父で家に寄りつかなくなっていましたから、本当にひどい状態だったんですよ。こんな家燃やしてやろうか、とか、戦闘機が家に突っ込んでくれないか、なんてことを真剣に考える毎日を過ごしていたんですよ。意欲だとか、達成感なんて言葉と、まるで無縁の毎日でしたね。灰色は日に日に濃くなっていって、全身の力を吸い取っていきました。塾が、勉強が恐かった。学校も恐かった。俺は勉強ができない。いいところのまるでない虫ケラなんだ、って信じ込んで生きていました。あのときマシンガンがあったら、間違いなく引き金を引き続けていたでしょうね。目の前にいる全ての標的に。初めて家をでたのは中二の春休みです。ええ、今回は五回目の家出ですよ。二度と捕まらないように、北海道に逃げてきたんです』

露天風呂は海のなかにある。

正確にいえば潮が満ちれば海に呑《の》まれてしまう。干潮のときだけ利用できる自然の露天風呂だ。岩をセメントで囲んだくぼみから、鉱泉が湧《わ》いていた。

「最高ですね、ここ」

徹平は顔を洗いながら大声を出した。

「時間限定。入れるのは干潮のときだけ」

潮が満ちれば海の底にしずむ三畳ほどの温泉をすっかり気に入った。体育座りの尻《しり》が岩の角で少し痛い。水平線が目線と同じ位置にある。風がとてもやさしく頬を撫《な》でてきた。

ルイはバスタオルを巻きつけて浸かっている。手回しの良さに舌打ちがでなくもないが、それでも最高だ。徹平は決して駄目な奴じゃないよ。さっき断言してくれた言葉が、甘露のように胸にしみている。

きつく抱きしめてくれた。薄いTシャツごしの温もりと、やわらかいふくらみは凝《こご》った心をこれでもかとほぐしてくれた。

「ルイさん」

「俺、本当に駄目じゃないですか」

「何回いわせんの。はいはい、あんたは十分役に立ってますよ」

「本当ですか」

「嘘《うそ》いってもしょうがないしょや。あんたがいなかったらあたしもわやだったわ」

ルイは徹平を雇ったあらましをかいつまんで教えてくれた。

毎年手伝ってくれるパートのおばあちゃんが入院したのはシーズン直前のことだった。急なことだったので代替えを探すあてもなく、結局独りで切り盛りすることになった。弱音は吐けなかった。両親のそだてた事業を、なんとしてもつなげてやろうと思った。重いコンテナを独りで積み込み、独りでさばいて加工する。日の出から深夜まで仕事はつづく。生ものだから時間をおくわけにはいかない。鮮度が命の加工業。鉛の仕込まれた首筋をもみながら、幾度船を漕いだかわからないといった。

「助かったよ、ホント」

にっこり歯を見せた。桜貝色の歯茎がのぞいた。

「実際事故でも起こすとこだったわ。女一人じゃやっぱきつかったぁ。地獄に仏よ、ナマンダブナマンダブ……」

「そんな」

「お世辞じゃないよ」

徹平はあらためてルイの目を見つめた。真《ま》っ直《す》ぐな視線だ。澄んでいた。この北海の、わずかな夏の凪《なぎ》に似た、透明な輝きだった。この人に拾われていなかったら、自分はどうなっていただろうと思う。ルイに巡り会ってから、毎日が楽しくて仕方なかった。

「徹平」

「はい」

「サンキュ」

目頭が熱くなった。あぁ、必要としてくれる人がいた。居場所があったんだ。そう思った。学校にもなじめず、家にも居づらかった。太郎がいなくなってから、悩みを打ち明ける奴なんてひとりもいなかった。必要以上に自分をおとしめていたのかもしれない。ここにきてルイを手伝ううち、張り合いが生まれてきたのは事実だった。

ルイはどんな人生を歩んできたのだろう。かつて札幌で働いていたと聞いたが、今は故郷で地道に毎日をすごしている。それは惰性に流されていた、無感動な自分とまるで反対の姿だった。自信に満ち、生き生きと汗を流すルイは、軀を動かすことが気持ちよくてしかたない。そんな印象を受けた。もちろん力仕事だからきついことはきつい。十時三時の一服のとき、塩煎餅《しおせんべい》をかじってソフトカツゲンを飲んだ。

ルイは美味《うま》そうに煙草を吹かす。

ホッケの解体を、思い出していた。

ぬるぬるする腹をゴム手袋で固定し、出刃をいれる。その一瞬、危ういような罪悪感を覚えた。解体という行為から立ちのぼる、かすかな畏れを感じ取ったのである。身は真っ白だった。刃をはじくような弾力が感じられた。臓物を掻き出していくうち、まな板は赤く固まってくる。新鮮な血が粘っこいことを初めて知った。死んでしばらくした魚体は驚くほど硬いということもだ。

まな板の上の魚の、数時間前を思い描いた。網にとらわれる前はゆうゆうと海原を泳いでいたのだ。制約もないかわりに危険にさらされた環境だ。その魚たちを、ひとつひとつさばいてゆく。司祭のような気持ちになった。同時に連想したのはルイの豊満な胸元だ。ホッケの白身と、ルイの胸元の色が、一気にリンクした。それは尊いほど混じりけのない純白となった。

「あがるわ、あたし」

ルイが額をぬぐいながら立ち上がった。太ももまで覆ったバスタオルから、お漏らしのように湯が滴った。

空模様が急変したのは、着替えの途中だった。

見る見る雲が厚みを増したかと思うと、風が騒ぎ出した。ガラス板のように穏やかだった空に、不穏な墨が濃くなっていった。

「やば」

ルイがいった。

「係留しとかなきゃ。これから時化《しけ》るわ」

「わかるんですか」

「半島が雲に埋もれてしまったからね」

見事な手つきでボートをつなぎとめた。十秒たらずのもやい結びだ。港といっても名ばかりの、ちっぽけな波よけにすぎない。海猫がさわぎだす。船具をコンテナにまとめてしまい、ロープで船体に固定する。徹平はすっかり慣れた南京締めに、全体重をのせた。手早くコンテナが固定される。ロープはがっちりひきつけられ、ゆるぎない。

「サンキュ」

ルイが満足そうに頬をゆるめた。

「待機ね」

「待機」

「うん。今沖に出たら転覆するもん」

防風林の番小屋を指さした。遠目に浮かんだ粗末な木造平屋は、艶を失った焦げ茶色のトタンを、けなげに張りつかせていた。

小屋に入って驚いた。フジツボのついたガラスのブイが山をなし、傷だらけのプラスチックバーが積み上げられている。折りたたまれた漁網には、乾燥した海藻が糸くずのように絡みあっていた。窓際に二枚の古畳がしかれてあった。そこに腰を落ち着けた。見る見る雨足はつよくなり、窓ガラスの埃を洗い始めている。筋は涙のように流れはじめている。だんだんと雨だれが広がっていった。

ウィンドブレーカーを持参したのは幸いだった。フードをすっぽりかぶって体育座りで肩を寄せあう。雨がトタンを叩く。きぜわしいドラムロールが心を乱す。徹平の心に芽生えていたのは、確かな共感だった。日常以外のアクシデントが、心を躍らせていた。せっかくの休日、予期せぬ時化がルイとの距離を縮めてくれたように思えた。

「おさまるといいね、早く」

「そうすね」

温泉のせいだろうか。まだ踵《かかと》がぽかぽかする。北海道の気候は一筋縄ではいかない。夏だというのに朝晩はトレーナーが欠かせないし、コンビニでは年中おでんが湯気を立てている。そうした生活に身をおくルイはとても輝いている。労働から立ち上る気高さが、彼女を押し上げているのかもしれない。触れた肩の、ほのかな体温をかみしめる。

「ルイさん」

「なに」

「寒くないすか」

「大丈夫」

歯を見せた。

全てを受け止めてくれる存在だった。弱さとずるさ、どうしようもなさを受け止めてくれる姉貴だ。さっき抱きしめられたとき、自分は幼児になっていたように思う。そんな錯覚にさえおそわれた。

ルイの髪の香り。シャンプーの匂い。最高だ。そっと楽しんだ。

その香りを胸にみたすと、とても安心できた。自分を攻撃する全てのものはどこかへ消し飛び、ゆったりとなにかに包まれている。温かい海のなかで全身の力を抜いているような、そんな温もりを感じた。ルイの体温にあるのは、確実な赦《ゆる》しだ。許しではない赦しだ。自分自身の汚い部分を恥じていた。毎晩想像でルイを穢し続けていたあさましい本能を恥じていた。ルイに抱かれた瞬間、それは一気に溶け出していった。感覚が打ち震えていた。涙が流れていた。性欲ではない、なにか別の感覚が早鐘をならした。不思議でありがたかった。

今、隣にルイがいる。この世の中に二人っきりのような感じがする。今という時間が、途方もない贈り物に思えて仕方なかった。

ふと浮かび上がったのは、適材適所、という熟語だった。それは島に渡るフェリーのトイレにかけられていた、クリーニング屋の日めくりの文句だ。はっきり印象に残った。オレはオレでいいんじゃないか。オレという人間はこの世でたったひとりの存在なんだから。自然とそう思っていた。それに気づかせてくれたのは、あいかわらずいい匂いをふりまいている、ルイだ。

「ルイさん」

「なに」

「ありがとうございます」

「なによ、あらたまってさ」

「オレ――」

言葉を継ごうとしたそのとき、がっ、と閃光《せんこう》がほとばしった。窓が白く発光し、雷鳴がとどろいた。ブイの陰影がくっきり浮きあがった。金切り声をあげ、ルイが首っ玉にしがみついてきた。

身を縮め、がたがた震えている。精一杯軀を固めすっぽり胸元に収まってきた。子ウサギのように。

すぐそこに、欲しくてたまらなかったものが抱え込まれていた。徹平は息苦しさと、正直な欲求のはざ間で胸が焼けそうだった。抱きとめた肩は柔らかで、やはりいい匂いだった。

「だ、大丈夫です、か」

うわずった声で唾を飲みこむ。

ルイはよほどカミナリが嫌いなのだろう。なにも答えず、Tシャツの胸元をしっかり握りしめている。息さえ止めていた。そのせいで胸ぐらをひきよせられている格好になった。すぐそこに、ポニーテールがあった。檸檬《れもん》色のカラーゴムが目に飛び込んできた。シャンプーにほのかな汗が入りまじっていた。

再び雷鳴がとどろいた。悲鳴があがり、さらに密着した。はっきりした膨らみがおしつけられた。なにかが弾けた。躊躇《ちゆうちよ》していた腕に力をこめた。思いきり抱きしめた。

はっとした。こんなに小さな軀だったのか。仕事場で檄《げき》をとばし、勇ましく出刃を使いこなす雇い主の、あまりの細さに驚いた。

「痛い」

かすれた呻《うめ》きを耳にしたとき、徹平は我にかえった。思いのほか強い力でふりほどかれた。その瞬間おそってきたのは、激しい後悔だった。やっちまった。そんな言葉を歯がみしながら、すりぬけたルイに視線を泳がせた。

「馬鹿」

いい返せずにうなだれる。

「こういうときはもっと優しくするの。めっ」

声はとても優しい。意味がわからずに顔を上げた。

怒っているはずのルイはいたずらっぽく笑っていた。ほほえみを顔いっぱいにあふれさせ眼をあわせてきた。あぁ、この赦しだ。徹平は全てを委《ゆだ》ねてしまいたい気持ちに駆られていた。背後の窓がふたたび白く光を放った。雨はいよいよ激しくなって部屋中をトタンの反響でいっぱいにした。

ルイはウィンドブレーカーのチャックを、しずかに引き下げた。

温泉でぬくもった肌が、冷めることを忘れたように火照《ほて》りを強めていく。確実な兆しが、徹平を押し上げていく。

「どう」

「どう、って」

「気持ちいい？」

「くすぐったいよ」

徹平は歯を食いしばったり息をとぎれさせたりしながら、首筋に吸い付くルイの頭を見つめ続けた。ポニーテールをほどいた髪が、さらさら肌をくすぐった。ルイが動くたび空気が揺れる。匂いも揺れる。髪にしみついたシャンプーの残り香だ。不思議だった。なんで女の人はこういい匂いがするのだろう。躯がこすれあうたび、部屋全体に濃くて熱い匂いが撒《ま》き散らされていく。

泣きそうだった。どうしようもない自分をひたすら振り返って溢《あふ》れさせそうだった。今まで自分はどうしようもない不幸を背負っていたと勘違いしていた。自分ほどツキに見放された奴はいないと天を呪っていた。しかし今、すべてをルイに預け、未知の世界に足を踏み入れようとする自分がいる。さらさらの髪に鼻先を埋《うず》めていると、目頭が熱くなってきた。それは肌を通して語りかけてきたルイの本心か。自分ひとりが辛いんじゃないよ、そう諭《さと》すように、幾度も幾度も心をさすってくれたのだった。薄暗い漁小屋の、すりきれた二畳の空間が、今生きている証の全てだった。そこが自分の存在の全てだった。むせび泣きながら、やわらかいものに身を委ねた。

ルイが首にしがみついてきた。その瞬間、徹平はつるりと吸い込まれ、熱い感触に絡め取られた。

目を閉じた。

ひとつになっていた。とまどいと裏腹に、心ははちきれそうだった。繋《つな》がっている。無意識に腰を振る。本能的にそうしていた。柔らかかった。ルイの哀《かな》しみが、心拍音と一緒に流れこむ。ひとつになりながら同じ流れに身をまかせ、息を合わせていた。繋がりあい、分かち合い、赦し合う。そのいたわり合いが、切なくて嬉《うれ》しくて、たまらなかった。

涙があふれてきた。それは悦《よろこ》びの一滴に思えた。洗礼という表現があてはまりそうな、おごそかな気持ちにおそわれてきた。

ルイがのけぞった。天井をむいたあごの先端が、揺れうごめく乳房のむこうに見えた。互いの動きで心は結ばれ、動きはすでに一致していた。それぞれ腰を使っていた。ルイは自らの中心をぐいぐい押しつけてくる。

それは生きとし生ける者の、あきれるほど無防備で、滑稽で、それでいて熱を帯びた動作だった。徹平はあえぎながらも、澄んだ感覚にひたっていた。泣きながら、身を震わせていた。

「オレ、オレ」

徹平は歯を食いしばった。

「もう駄目です」

「駄目っ、まだ」

懸命に耐えた。導かれつつある世界が、熱くいざなう。ルイが動きを速めてきた。夢中で動きを合わせた。連動がほぼ合致したそのとき、押しよせる光を見た。ルイがおおいかぶさって耳たぶを噛んだ。

短い雄叫《おたけ》びがふたつ、小屋の天井に放たれた。

ルイとひとつになってわかったことがある。信じることの大切さと、人が人とつながりあう温かさだ。もしかすると男女の営みこそ、人が人に帰れるただひとつの行為ではないのか。何度も何度も達しながら、そう結論づけた。

「なーに考えてるの」

胸に頭をのせていたルイが訊《たず》ねてきた。

「あ、いや」

「気持ちよかった、ってかい」

「はい」

「よかった。初めての女になれてさ」

ふふっ、といたずらっぽく笑い、ぎゅっと抱きついてきた。

髪の匂いが愛《いと》おしい。昨日まであこがれだったのだ。手を伸ばすことも叶わず、夜な夜な脳裏で穢していた宝物は今オレの胸に無防備に頭をのせている。人生はわからない。幸せというものが、こんなにあっけなく手に入るとは思わなかった。爪で毛先を弄《もてあそ》んだ。

「信じられない」

「なにが」

「ルイさんとこうなったことが」

「あたしも」

抱き合った。きつく唇を押しつけあった。

外はすっかり夕暮れている。橙《だいだい》色の空の腹は、紫に変わろうとしている。

「よかったの？」

「なにが、ですか」

「初めてがあたしで？」

「もちろんです」

熱いものがこみあげてきた。

陽が落ちてゆく。

いつしか止んだ雨は、おだやかな薄闇を連れてきた。一分きざみで色を濃くする貝紫が目にしみてきた。腕枕《うでまくら》が痺《しび》れてきたが、外すつもりはない。その痛みこそが、儀式の刻印に思えたのだ。

余韻が、ぼんわり全身を支配する。心が満たされていた。わかり合えた。そんな気がしたのだ。

ルイは自分のことを好きなのだろう。自分もルイが好きだ。好きに変わりはないが、それは恋愛とは違う感覚だとも思う。もっと枠の大きな、もっと別の性格の心境だ。ひとことでいえばやはり信頼、ということになるのだろうか。

「ルイさん」

「なに」

「ルイさん」

髪に、そっと鼻先をうずめた。おろしたポニーテールを慈《いつく》しんだ。

明日は晴れるだろうか。晴れるに違いない。


日中、つい居眠りをしそうになってしまう。出刃を扱う仕事柄、油断が大怪我につながることを徹平は恐れた。ホッケの積み下ろしはかなりの力仕事だった。しかし夜になれば別の元気が軀に満ちてきた。あたりが暗くなると気もそぞろになった。仕事を終え、うながされて一番風呂に入る。丹念に軀を洗ってあがると、ルイが二番風呂をつかう。その間徹平はすっぱだかで布団に潜り込んでいる。やがてルイが隣に潜り込んでくる。シーツのこすれあう音と、ふんわり漂うシャンプーの匂いが徹平を夢中にさせた。

お互いを貪《むさぼ》り合った。足りなかった。知れば知るほど欲しくてたまらなかった。時間をかけて愛し合う過程のなか、常に幸せを感じていた。ルイが与えてくれるのは、途方もなく大きなものだ。つつまれながら、ころがされながらひとつになる。

えもいわれぬ安心を噛みしめながら、徹平は赤ん坊になった。なんの心配もなく育てられてきた、かつての記憶を取り戻す。それはやがて不思議な感覚に発展した。それ以前の胎児にかえったような幻想におちいるのだった。

一切の不安は消しとんで、ルイの胎内にかえっていくような気分にみまわれてくる。手足を縮め、頭をかかえるように丸まっている自分がいる。きつく抱きしめられると、心臓の音がなだれこんでくる。繋がりあいながら、身悶《もみだ》えしながらもその一方で全てを委ねきっている自分を意識する。目を閉じ、闇を受け入れ、温かい羊水のなかで安心しきっている。男と女のつながりで、こんな懐かしさを感じられるとは知らなかった。性の悦びは強烈な電流だったが、その一方で全てを受け入れてくれる奥深さを知った。涙があふれでた。悲しいのではない。単純に嬉しいのでもない。肉と肉のつながりではあるが、そこに心がむすびつくと、いつもと違う自分を感じとれた。世界は自分を中心に回っている。世界は在《あ》った。おぼろげな結界から、初めて到達できた境地に打ち震えた。その気づきは強大な波を従え、絶頂を一気に破裂させた。

泣きながら乳房を求め、幾度も幾度もむしゃぶりついた。ルイも同じように正直になった。言葉や文字ではとうてい表せない、生きるべき道筋というものをルイは伝えてくれた。肌と肌を通して教えてくれた。ルイは師匠だった。

三日間は宴《うたげ》が続いた。昼間精一杯仕事で汗を流し、夜はまた別の営みにふける。激しさと狂おしさのはざ間で肉体は悲鳴をあげたが、やめられなかった。夜になるとがむしゃらに互いをぶつけあっていった。全裸で抱き合いながら、汗をしぶかせあう。首に回された腕の匂いを吸いこむ。ルイの肌のきめ細かさに頬ずりしながら、確信した。心はどこまでも一体化している。ひたすら真っ直ぐだった。ルイは本気で泣きじゃくった。憑《つ》きものが落ちたように声をあげていた。

四日目の夕方、徹平はコンテナを真水で洗いながら、ぼんやり将来を思った。毛足の短くなった亀の子タワシでヌルをこそげおとしつつ、ルイとのことを考えた。旅の終着点はここだったのではないか。この島が本当の人生の始まりではないのか。そんなことが段々と膨らんでは胸をしめつけてきた。ルイのなかで胎児となったときも、おぼろげに感じていた。ルイは自分を嫌ってはいまい。そろそろ答えを出す時期だ。そう自分に言い聞かせていた。

目を閉じて浮かんだのは、かつて父が切り盛りしていた工場の光景だ。パテを練り合わせ、板金箇所を埋めていった日々が、モノクロの静止画となって現れた。いつもFMラジオがかけっぱなしのブースだった。工具はサイズごとに並べてあり、そこに戻さないとこっぴどく叱られた。怒られたのではない、叱られたのだ。胸がちくりと痛みながら、ひたすらその光景が懐かしかった。が、それは過去の風景だ。今帰るべき場所は、なにひとついいことがなかったあの街ではない。辛《つら》さしか思い出せない、灰色の雑踏ではない。新しい暮らしをこの島で立ち上げたいというのが本心だった。

「お疲れちゃんね」

「ルイさん」

徹平は目をしばたたいた。逆光のなか、シルエットが浮きあがっている。ポニーテールの後れ毛が金色に燃えていた。徹平はタワシを握ったまま、その一本いっぽんに見入った。背後で海猫が豆粒になって空にはりついている。

「どした、深刻な顔して」

人差し指で鼻の頭をはじかれた。

「オレ、ずっとここで——」

いいかけたとき、唇を指で押さえられた。

「うん、そうくると思ってたわ」

ルイは驚きもしない。拍子抜けの感じさえあった。

「逃げるの」

「逃げる?」

「そう。あんた、今のままだと行方不明者と同じだよ」

心がざわついた。しかしルイの言葉には、まるで角がなかった。まろやかに撫でられていく心の薄皮が、よけいきつい。

ふたりで腰をおろし、水平線を見つめた。徹平はなにかしゃべろうとするが、言葉が出てこない。漁を終えた漁船が数隻、エンジンを響かせて戻ってきた。崖の下から、ポンポンポン、とかすかにこだましながら響いてきた。徹平はその音に耳を傾けていた。ルイは視線をあわせようとせず、真っ直ぐ夕陽を見つめていた。

その夜、ふたりが睦《むつ》み合うことはなかった。

徹平は布団に正座したまま、ルイの最後の言葉を反芻《はんすう》していた。行方不明者と同じだよ。それは唐突に突きつけられた出刃包丁だった。ルイの本心であるだけに、複雑な心境だった。故郷、憎しみの街。忘れてしまいたいことだった。どうしようもないことだった。やりなおす力が自分にはあるのだろうか。自問自答した。逃げるように家を出た、北国への旅立ち。世の中を恨み、憎み、天に唾を吐きかけながら飛び出してきた。地球がなくなればいいと思った。信じるものなどなにもないと思った。そんな気持ちで飛び乗った夜行列車の旅だ。しかし今、自分がなすべきことはもう一度親と対峙《たいじ》することではないのか。もしかしたら全てのしがらみを赦すこともできるかもしれない。決して無理難題ではないはずだ。話し合いの先にささやかな喜びを掘り当てたとき、家族の芽吹きは再生されるはずだ。

窓の外が赤らんできたことに気づいた。まんじりともせずに過ごした夜だった。膝の上のこぶしを握りしめた。

夜明けの水平線は、どこまでも潔い。

「忘れ物、ないわね」

「大丈夫です」

「急いで。遅れたら明日までフェリーないから」

「はい」

徹平は軽トラックのドアを、勢いよくしめた。イグニッションが鳴き、ゆっくり坂を下っていった。車内には干物と埃の匂いが混じり合っている。ウェスに巻かれたモンキーレンチが足下に転がっていた。

「発送に追われるわ、明日から」

ルイは冗談まじりのため息をついた。

ホッケハンバーグはネット売り上げナンバーワンの商品である。ミンチにしたホッケにデンプンとパン粉、卵を加え、しっとり練り上げていく。カロリーオフで軀にもやさしい。最近の健康志向を追い風に、全国発送の注文でてんてこ舞いなのだった。

「息つく暇もないわ」

嬉しそうにいう。

「ルイさん」

「おかげさまでご飯が食べれます」

ハンドルを握り、前をむいた。シフトチェンジ。エンジンが息をついだ。

ミンチづくりは昨日で終わりだった。秋口をむかえると型も大きくなり、加工用の小型は数がそろわなくなる。そうなれば根ボッケの一夜干しに切り替わる。過ぎ去った島暮らしを指おり数えてみる。さまざまなことがあったが、結果オーライだ。ルイと出会えたことで自分は確かに救われた。結びついてしまった、不思議な縁を反芻した。

「ルイさん」

「ん」

「やっぱ、島出る気はないんですか」

「ないねえ」

「そうですか」

「うん」

窓のむこう、作業場がちいさくなってゆく。乾ききった小屋の全貌《ぜんぼう》がどんどん花の波に覆われてゆく。

海風の仕事場。夕陽を眺めながら浸かった一番風呂。徹平は幾度も軀をむすびあった、ここ数日を懐かしく思い返していた。

予期せぬ事態におののき、そして大人になったように思う。いや、大人になった。そう思うことにした。

無我夢中でしがみついたルイの乳房は、今もたわわな感触を掌に残している。温かだった。

柔らかだった。

十六年の人生で知り得た衝撃は、わずかなほろ苦さと切なさを同時に胸に練り込ませた。

「忘れんなヨ」

ルイの言葉に、あわてて目頭をぬぐった。

「こんないい女がいたってこと、忘れんなヨ」

返事を返せずにいると、軽く頭を小突かれた。

「ルイさん」

「ん」

「オレ、一生忘れません」

「よし」

丘に生い茂る、真っ白なエーデルワイス。

ルイが四年生のとき、母親が植えた一株がはじまりだという。気候や土質が合ったのだろう。特段の手入れを必要とせず、ぐんぐん増えていった。株は毎年勢いを拡《ひろ》げ、石置き屋根の膝下を真っ白に飾りつけるのだった。

「きれいですね」

「あたし?」

「花ですよ、は・な」

「馬鹿」

ルイさんのほうがもっときれいですよ。そう内心つぶやいてみた。

道がカーブを描き、そのむこうに漁港が見えてきた。

到着したとき、あぁ、と声が漏れそうになった。徹平はナップサックをかつぐと、ゆっくりドアを開けた。ルイは車から降りようとせず、指二本をこめかみに当て、敬礼のしぐさをつくった。

「見送んないよ」

「はぁ」

「発送やなんやで忙しいからね」

「あの、オレ」

「じゃあね」

軽トラックが砂利を嚙みながら発進した。忘れ物を思い出したかのように、急発進で走り去った。

岸壁にとりのこされた徹平は、ぼんやり排気音に耳をかたむけていた。海猫のかまびすしい鳴き声が聞こえてきた。みゃぁみゃぁみゃぁみゃぁ。粘つくように、繰り返される。目を閉じれば風の磯臭《いそくさ》さが身に染みた。

感謝の心があふれ出す。肩を押してくれたのは、ルイだった。

燃え立った白の丘を思った。仕入れの帰り道、目を楽しませてくれたやさしい花たちがただなつかしい。なぜこれほど心が震えるのだろう。まぶたの奥に浮かぶのは、どこまでも真っ白なルイの裸体だ。

汽笛が近づいてきた。

見上げた岸壁のむこう、定期船の影が近づいていた。

フェリーに乗り込んでいった。

まばらな観光客にまじり、タラップを上っていく。民宿の見送りだろうか。色とりどりのテープが船と岸壁をつなぎ、それはいせいよく、何本も何本も風にたなびいた。

もちろんそこにルイの姿はない。

終わってしまう。夏が、終わってしまう。あっという間に駆け抜けていった、十六の夏が。最高の夏が。

やがて銅鑼《どら》が鳴って船は岸を離れた。幾度か後進と前進を繰り返し、舳先《へさき》を沖にむけた。

手すりにもたれ、島を眺めた。

徐々に遠ざかる。引きちぎられた紙テープが船尾に絡んではためいている。戻ってくることはないだろう。一生足をむけることもないと思う。

それでも忘れないだろう。ルイという女性に教わった、大人への入り口を。岸壁が、ぼんやり青くかすんでちいさくなっていく。

人生はこれからだ。どうなるかわからないけど、とりあえず親父とお袋には正面からぶつかっていく。元の家族に戻れるだろうか。そんな保証などないが、思いを全て吐き出してやる。

「あっ」

思わず声を上げていた。島影の中腹、白い丘の小屋から煙がたなびいている。あれはルイの作業場だ。風呂場の煙突だ。ルイは居候《いそうろう》を送り出し、ゆっくり汗を流しているのだろう。

手を合わせていた。力を加えていないのに、磁石でつながれたように引き寄せあっていた。ルイは今、湯船に浸かって泣いているかもしれない。きっとそうだ。漠然とそう思った。

涙があふれてきた。合掌のむこう、消え入りそうなごく薄い煙は、やがて空に馴《な》染《じ》んで見えなくなった。

足下に目をむけた。バッシューの紐がゆるんでいる。しゃがみこんで、手早く結びなおした。ほどけないように、固く、きつく。

旅のおわりが人生の始まりかもしれない。そう自分にいい聞かせた。かがんだまま見上げた空、みゃぁみゃぁ海猫が騒いでいる。

オレはわずかに頬をゆるめ、泣き笑いの表情をつくった。

解説

池上冬樹

多くの新人賞の予選委員・下読みを経験しているとわかるのだが、新人賞とは優秀な作品に与えられるというよりは、大いなる未知の才能に与えられるものである。うまく書かれた作品などたくさんあるし、そういう作品を書く人たちは最終候補の常連になるのだが、常連だからといって受賞に至るとは限らない。いや、常連は常連のままで終わるのがほとんどだ。ある程度書いてくれれば過不足なく書くことも、受賞するための戦略を立てて目新しい題材をもってきて注目を集めることも可能である。実際そういうことで受賞した新人もいるけれど、でもあとが続かない。有名大学に入るために一生懸命に勉強してきた者が合格したらとたんに勉強しなくなるように、受賞がゴールになって書き続けようとしないのである。

いうまでもないが、受賞は作家としてのスタートにすぎない。作家としての勝負がはじまり、担当編集者のチェックが入り、よりよき作品に仕立てるための直しの要求が繰り返されることになる（直しの要求されない小説などない）。その直しの要求にこたえられず、ときに要求が理不尽に思えて他の出版社にもっていくも成功せず、本を出せないでいるうちに時間がすぎて、〝昔賞をとったただの人〟になる。いや、自分はこんな程度の人間ではないと再起をかけて、もういちど別の新人賞に応募するものの、一度賞をとって作家として挫折した者にはそれなりの理由があることはわかっているし、応募原稿自体にも熱が感じられなくて落とされることになる。

そう、欲しいのは熱気なのである。表現せずにはいられない強い衝迫性なのである。荒々しくあふれんばかりの才能であり、次々に書き続ける力なのである。

二〇一二年に第六回小説現代長編新人賞受賞作『焔火《ほむらび》』で吉村龍一がデビューしたとき、ああ、まぎれもない熱気あふれる有為《ゆうい》の新人が出てきたものだと思った。吉村龍一は僕が世話役を務める「小説家（ライター）になろう講座」（山形市）の代表で、十年以上の付き合いがあるけれど、客観的にみても未知の荒々しい才能があるし、誰にも劣らない強い衝迫性が備わっている。

『焔火』の舞台は昭和初期の山形の寒村で、貧しい狸《たぬき》とりの息子の鉄《てつ》が村長の息子たちを殺して放浪の旅に出る物語である。肺病の家族を持つ鉄は、盗《ぬす》っ人《と》一家のおミツと心を通わせていたが（ともに二人の家は差別されていた）、息子たちに捕まり、おミツは犯されて殺害される。鉄の犯行はその復讐《ふくしゅう》だった。

驚くのは場面場面の鮮烈さである。狸の解体場面で始まる冒頭からすさまじい迫力で、弛《ゆる》むことなく持続し、ラストは大いに盛り上がる。何よりもいいのは、食べて、働いて、交わるという行為が実に生々しく描かれていることだろう。生きることと死ぬことの尊厳にふれており、作者は差別と強姦《ごうかん》と殺人という業火を通してそれを引き出そうとする。聖なるものから俗を、俗なるものから聖なるものを導き出さんとする力は並大抵のものではない。

それは選考委員たちも感じたようで、「山窩《さんか》の民、海、川の民の世界とそこに身を置く主人公の視線には生命力があふれていて感心した。大変な才能である」（伊《い》集院静《じゅういんしずか》）「民俗学的な『いかにも』の装置を使いながら、迫力ある（そして正確な）描写は、勉強のお行儀の良さをみごとに食い破っていた。主語を極端に省いた文章の技術にも舌を巻いた」（重松清《しげまつきよし》）「『焰火』の持つ凄《すご》みには初《しょ》っぱなから圧倒された」（角田光代《かくたみつよ》）「この一本に賭《か》ける著者の執念は存分に伝わった。異世界を立ち上げる筆力は、新人の水準を抜いている」（石田衣良《いしだいら》）「吉村さんはじつに巧みに視覚的な文章を紡《つむ》ぎだすことができます。文芸的にはじつに高水準」（花村萬月《はなむらまんげつ》）

と称賛の嵐《あらし》だった。もちろん「あらゆる悲惨とむごたらしさを並べすぎている気がして、そのぶん物語に寄り添えなかった」（杉本章子《すぎもとあきこ》）との不満もある（引用は「小説現代」二〇一一年八月号所収の選評より）。確かに盛り込みすぎで、主人公の思いが伝わらない憾《うら》みがあるのも事実だろう。だが、そんな欠点は修正できる。大切なのは、独自の世界を深く掘り下げていくことだ。幸い吉村には喚起力に富む濃密な文体があり、この文体だけでも吉村龍一は一家をなしていくのではないかと思わせた。

もちろんその文体は簡単にできあがったものではない。何年もの間に作り上げられたものである。さきほど山形市で開催されている「小説家（ライター）になろう講座」の話をして、十数年の付き合いだと書いたけれど、十数年の間に吉村龍一と同じころに講座に入った深町秋生《ふかまちあきお》が二〇〇四年に「このミステリーがすごい！」大賞を『果てしなき渇き』で、〇三年に入った柚月裕子《ゆづきゆうこ》が〇八年に同じく「このミステリーがすごい！」大賞を『臨床真理』で受賞して世に出た。そのあとも黒木《くろき》あるじが平山夢明《ひらやまゆめあき》に見いだされて『怪談実話　震《ふるえ》』、壇上志保《だんじようしほ》が新潮社の名編集者にスカウトされて『ガラスの煉獄《れんごく》　女刑務官あかね』で、それぞれデビューを果たした（詳細は http://www.sakuranbo.co.jp/special/narou/index.html を参照してほしい）。

古い表現をすると同じ釜《かま》の飯を食った仲間たちで、深町秋生以外はみな後輩が追い抜いていった形になったが、吉村龍一はくさらなかった。みなそれぞれ開花時期が違うことを知っていたからである。人の開花を羨《うらや》んで花が咲くわけではない。開花して枯れずにいつまでも咲き続けていたいなら、根っこを太くするしかない。彼はひたすら土に肥料を与え（読書と体験を積み重ね）、根っこを太くすることだけを考えた。自分の書きたいものは何か、得意なジャンルは何か、人と違う魅力は何かを考えて書き続けた。まわりの人間が続々デビューしていくと自分は置き去りにされたと焦り、迷い、袋小路に入り込み、くさって未来を諦めてしまうものだが、吉村龍一はくさりも諦めもせず、濃密な物語を紡ぎあげた。それが『焰火』だった。

意地悪な（でもそれが現実的な）見方をするなら、一作ぐらい誰でも優れた作品は書けるだろう。はずみで書いてしまうこともある。だから第二作こそ、その作家の試金石になるのだが、今年（二〇一三年）三月に出た第二作『光る牙《きば》』（講談社）は、吉村龍一の潜在的な能力の高さをまざまざと見せつけた。北海道を舞台にして森林保護官とヒグマの死闘を描いた小説だが、次第にヒーローの肉体と精神が軋《きし》みをあげていくという冒険小説の王道ともいうべき物語だ。吉村龍一らしい緊密極まりない濃密な文章が捉《とら》えるディテールが圧倒的だし、迫力に富むアクションにつぐアクションには体が震えるし、強烈なサスペンスには息をのむ。自然と人間の相剋《そうこく》というテーマ把握も強く、作者が抱くはかりしれない自然への畏怖《いふ》の念には深く胸をうたれる。正直いって、第二作で、ここまで来たか！　と感心した。内藤陳《ないとうちん》氏が生きていて日本冒険小説協会が存続していたならば、間違いなく日本冒険小説大賞の候補になったのではないか、いや、ひょっとしたら受賞したのではないかと、そんな思いを抱かせるほどの秀作である。

そして『焔火』『光る牙』に続く第三作が、本書『旅のおわりは』である。ノワール、冒険小説に続いて、今度はどんな世界かと思ったら、なんと青春ロードノベルである。物語の舞台は『光る牙』同様、北海道だ。

関東地方に住む十六歳の徹平《てっぺい》は、夏に家出をする。夜行列車に揺られて北海道までできて、無人駅で降り立ち、名も知らないおばちゃんの家に厄介になり、そこでトラック運転手と知りあい、稚内《わっかない》まで乗せてもらうことになる。その過程で、徹平のいじめにあった過去が回想され、トラック運転手三浦《みうら》の視点も用意されて二人の少年時代が浮かび上がり、気持ちが通じ合うようになる（第一章「黒く塗りつぶせ」）。物語の興趣をそぐので簡単にふれるが、第二章「青い島」では密漁、第三章「番小屋」ではある女性との交流が語られ、徹平の精神的な成長が促されていく。

エンターテインメントというとどうしてもストーリーの展開がメインになるし、読者もドラマティックなものを求めてしまう。実際、『光る牙』では、そのエンターテインメント的な書き方にのっとり、読者の好みにあわせて、ヒグマとの対決をアクションとサスペンス豊かに、実に劇的に描いていたけれど、本書では逆に吉村龍一本来の濃密な細部の魅力で迫る。第一章では自動車塗装、愛犬の飼育と成長、第二章では密漁と食事、第三章ではホッケの解体と性の目覚めなどが具体的に生々しく捉えられているからだ。

吉村龍一の美点のひとつは、手足を動かして何かをなしていく喜びを生々しく喚起させる点にある。人物が意識して喜ぶのではなく、手や足が喜んでいるような高揚感がある。意識から解き放たれた肉体のパーツそれぞれが目覚めていく快感で、読者はあたかもそこにいて一緒に携わっているような錯覚さえ覚える。だから徹平が喜んで手伝う父親の塗装の仕事で爪の汚れがとれなくなり、同級生にいじめられると、我がことのように辛《つら》く憤《いきどお》りを覚える。それは愛犬と過ごす喜びにも、年上の女性と触れ合う幸福にもいえるだろう。汚《けが》れなき喜びが読者の心を充《み》たすのだ。

難をいうなら、そういう細部にこだわりすぎて、物語がもうひとつ大胆に動かない憾みがあり、もっと徹平の旅を描いてほしかった気持ちもあるけれど、それでも描写力にたけた吉村龍一の片鱗《へんりん》は充分にうかがうことができるし、繰り返しになるが、働くこと、食べること、愛することの精神と肉体の喜びを充分に感得することができる。できればシリーズ化して、徹平の仕事の遍歴とその後の家族の変遷《へんせん》などを描いてほしいものだ。一年後の十七歳の夏、二年後の十八歳の夏なども読んでみたい。いったい徹平はどんな青年になるのか楽しみでならないからである。

（いけがみ・ふゆき　文芸評論家）

日本音楽著作権協会（出）許諾第一三〇四八〇三－三〇一号

この作品は集英社文庫のために書き下ろされたものです。

集英社文庫

旅《たび》のおわりは

2013年5月25日　第1刷　　定価はカバーに表示してあります。

著　者　吉村龍一《よしむらりゅういち》
発行者　加藤　潤
発行所　株式会社 集英社
東京都千代田区一ツ橋2-5-10　〒101-8050
電話　03-3230-6095（編集）
03-3230-6393（販売）
03-3230-6080（読者係）

印　刷　株式会社 廣済堂
製　本　株式会社 廣済堂

フォーマットデザイン　アリヤマデザインストア　　マークデザイン　居山浩二

ISBN978-4-08-745074-3 C0193